i t a l i a n a

ITALIANA
Narratori Giunti
Collana diretta da Benedetta Centovalli

1. Ermanno Rea, *La comunista*
2. Rosa Matteucci, *Le donne perdonano tutto tranne il silenzio*
3. Simona Baldelli, *Evelina e le fate*
4. Marco Archetti, *Sette diavoli*
5. Valerio Evangelisti, *Day Hospital*
6. Laura Pariani, *Il piatto dell'angelo*
7. Flavio Pagano, *Perdutamente*
8. Massimiliano Governi, *Come vivevano i felici*
9. Diego Agostini, *La fabbrica dei cattivi*
10. Marco Magini, *Come fossi solo*
11. Simona Baldelli, *Il tempo bambino*
12. Simonetta Agnello Hornby, *La mia Londra*
13. Walter Fontana, *Splendido visto da qui*
14. Domitilla Melloni, *Forte e sottile è il mio canto. Storia di una donna obesa*
15. Grazia Verasani, *Mare d'inverno*
16. Simonetta Agnello Hornby, *Il pranzo di Mosè*
17. Paolo Maurensig, *Amori miei e altri animali*
18. Clara Sereni, *Via Ripetta 155*
19. Carmen Pellegrino, *Cade la terra*
20. Pier Franco Brandimarte, *L'Amalassunta*
21. Flavio Pagano, *Senza paura*
22. Paola Capriolo, *Mi ricordo*
23. Claudio Calzana, *Lux*
24. Massimo Onofri, *Passaggio in Sardegna*
25. Guia Soncini, *Qualunque cosa significhi amore*
26. Chiara Moscardelli, *Quando meno te lo aspetti*
27. Igiaba Scego, *Adua*

Eleonora Sottili

Se tu fossi neve

GIUNTI

Questa storia è frutto della fantasia dell'autrice, nessuno dei fatti narrati è realmente accaduto. Ogni elemento di realtà – personaggi, eventi – è una libera rielaborazione dell'immaginazione di chi scrive.

Se tu fossi neve
di Eleonora Sottili
«Italiana» Giunti

http://narrativa.giunti.it

Via Bolognese 165 – 50139 Firenze – Italia
Piazza Virgilio 4 – 20123 Milano – Italia
Prima edizione: ottobre 2015

Ristampa	Anno
6 5 4 3 2 1 0	2019 2018 2017 2016 2015

A mia madre,
l'esploratrice più coraggiosa che conosco.

A mio padre,
da qualche parte nello spazio.

Sembravano sottili sagome nere e agitavano ogni sorta di segnale.
Ernest Shackleton, *Il salvataggio*

Whoopie! Sarà stato un piccolo passo per Neil,
ma per me è lungo abbastanza.
Charles Conrad scendendo dalla scaletta dell'Apollo 13
e mettendo il suo primo piede sulla Luna

Che la forza sia con te!
Comandante Ian Solo, *Star Wars*

www.youtube.com/watch?v=jwMj3PJDxuo

La lancetta dei minuti arrivò al segno e la ragazza si bloccò con il cucchiaio pieno di yogurt a pochi centimetri dalla bocca. Per qualche ragione la giacca che teneva sul braccio accentuava l'impressione generale di congelamento.

Un tizio dietro di lei stava bevendo un cappuccino della Starbucks e un altro si allacciava la scarpa, la destra, quando si immobilizzarono.

La giapponese con la banana si piantò di fronte all'addetto delle pulizie, un giovane di origine argentina, che guidava un mezzo elettrico. L'uomo suonò ripetutamente il clacson, ma la giapponese e un ragazzo vicino a lei, Jason Polan, non si spostarono. Jason teneva un foglio di carta in mano.

Erano parecchi quelli che reggevano fogli o mappe della città e le stavano consultando, ed erano parecchi quelli che bevevano. Anche un tipo con gli occhiali: la bottiglietta della minerale già stappata e inclinata, un'impercettibile oscillazione frizzante nel livello dell'acqua.

Era sabato. Faceva freddo, ma c'era il sole e dalle vetrate della Grand Central Station filtrava una luce bianca, invernale, che aumentava il contrasto e approfondiva i confini tra le cose. Sembrava il momento in cui qualcuno scatta una foto con il flash: tutto era sovraesposto e interrotto.

Ecco, sì, interrotto, i gesti sospesi, i movimenti inconclusi, la maggior parte dei presenti era sul punto di.

Un tale con una sciarpa a righe *era sul punto di* raccogliere le fotografie autografate appena cadute per terra, e l'uomo di fronte a lui *era sul punto di* scartare di lato per non calpestarle, e la giovane afroamericana *era sul punto di* dire qualcosa al cellulare. Dall'altra parte una voce continuava a ripetere pronto, pronto? Ci sei? Ma lei sapeva che non avrebbe potuto rispondere per i prossimi due minuti.

L'uomo delle pulizie suonò di nuovo il clacson. Non ebbe nessun risultato e allora tirò fuori di tasca la ricetrasmittente e disse: «Davanti alla mia macchina c'è un sacco di gente che se ne sta impalata».

Un ragazzo guardava l'ora sullo Swatch e la ragazza con la maglia rossa aveva le braccia alzate. Quando si era fermata, forse stava salutando un amico dall'altra parte della stazione, ma adesso, per l'innaturale dilazione del gesto, sembrava volessero spararle.

L'uomo delle pulizie disse nella radiolina che non poteva muovere la sua macchina. Dev'essere un film, disse.

Nessuno si stava baciando, pensò Jason.

Probabilmente succedeva lungo i binari, più che altro. Ci aveva fatto caso una volta, che era bello andare dove partono le cose, navi, treni o pullman, perché lì la densità dei baci e degli abbracci aumenta toccando picchi inaspettati.

Jason pensò che, sebbene la ragazza non stesse prendendo il treno, lui avrebbe voluto baciarla comunque. Avrebbe voluto raggiungerla, toccare appena la sua spalla perché si voltasse e baciarla. E una cosa del genere prima non gli era mai capitata.

Aveva fatto in tempo a vedere il suo viso, quando ancora non si era girata. Era bella, aveva pensato Jason, soprattutto gli occhi, lucidi e neri come due sassi. Si muovevano tra le cose, che parevano accendersi quando lei le guardava. Era stato un momento, poi si era voltata e questo aveva avuto – se possibile – conseguenze ancora più generali su di lui.

Gli erano venute in mente una di seguito all'altra tutte le donne dipinte di schiena, Kiki di Man Ray, la modella di Seurat e quella di Matisse; soltanto alla fine si era ricordato de *La muchacha en la ventana* di Dalí, la donna di fronte alla finestra spalancata sul mare, e per un attimo a Jason era sembrato che lì da qualche parte ci dovesse essere il mare, il sole e un vento caldo da Mediterraneo.

La ragazza si era bloccata mentre stava aggiustandosi il cappello davanti alla vetrata della biglietteria, e il cappello era come quelli dei fantini, nero e di panno, appena sbilanciato. E poteva anche succedere – pensò Jason – che prima della fine le sarebbe scivolato giù.

Stare così, fermi, rendeva lo spazio tra di loro quasi tangibile, elettrico, come una specie di corrente, come quando nelle immagini notturne la luce dei fari si solidifica in lunghe tangenti luminose che collegano le auto e le insegne e le finestre dei palazzi, e tutto sembra legato insieme.

L'addetto alle pulizie diede di nuovo due colpi di clacson, ma senza convinzione, e Charlie Todd chiese a un tizio pakistano cosa stesse accadendo. Il pakistano scosse la testa e sollevò le spalle, come a dire che non lo sapeva e che era anche piuttosto difficile fare delle ipotesi. Charlie Todd sorrise e passò oltre.

Amava mescolarsi alla gente, come se lui non c'entrasse.

Aveva una faccia comune e un aspetto nell'insieme piuttosto insignificante, fattori che si erano rivelati nel tempo estremamente utili. Nonostante le numerose apparizioni su YouTube e in qualche trasmissione televisiva, nessuno lo riconosceva mai e lui poteva continuare a domandare, che succede?

Gli agenti sottocopertura erano duecentosette. La missione: congelarsi sul posto nello stesso momento esatto. Il luogo prescelto: la Grand Central Station di New York. L'ora: le due e trenta del pomeriggio.

Quel giorno, Charlie Todd indossava un giaccone e portava lo zaino sulle spalle, cosa che nell'insieme gli conferiva un'aria tardo-adolescenziale, o forse era piuttosto l'espressione che aveva mentre passava accanto alle persone, quasi che il primo a restare stupito delle conseguenze fosse lui stesso.

Cos'erano esattamente quelle di Improv Everywhere? Performance? Scherzi? Eventi?

Per quale motivo, se lui a Bryant Park saliva in piedi su una panchina e gridava in un megafono le istruzioni, poi davvero duecentosette persone si bloccavano per circa due minuti restando assolutamente immobili nell'androne di una delle più grandi stazioni ferroviarie del mondo?

Si inventava una nuova missione e poi le cose cominciavano a succedere, e a quel punto Charlie sapeva di non averne più il pieno controllo, come quando giochi a domino, colpisci con la punta del dito il primo pezzo e poi te ne stai lì a guardare tutti gli altri che cadono e trattieni il fiato, e, per un tempo sempre un po' troppo breve, il mondo ha la forma di un prolungato fruscio.

La ragazza col cappello da fantino aveva preso la cosa molto sul serio, e dal momento che quando si era fermata il suo cappello stava cadendo, lei lo aveva lasciato continuare a cadere. E la caduta del cappello era diventata lentissima e lunga e interminabile, aveva assunto il comportamento di un evento naturale, come la deriva dei continenti o lo scioglimento dei ghiacci.

Mancavano soltanto settanta secondi, e appena fossero scaduti Jason l'avrebbe raggiunta, e così gli restavano settanta secondi per decidere cosa dirle.

Erano le due e trentuno minuti del pomeriggio quando i coniugi Evans arrivarono nell'atrio della stazione. Avevano mangiato ostriche Wellfleet del Maryland dopo averle fotografate. Elaine aveva preso dal piatto l'ultima, ci aveva lasciato cadere sopra parecchio limone e l'aveva fatta scivolare in bocca.

Era la quindicesima volta che quelli dell'American Association of Variable Star Observers conferivano a suo marito, il reverendo Robert Evans, il Supernova Award per la sua capacità straordinaria di scoprire stelle morenti. E così quella era probabilmente anche la quindicesima volta che mangiavano ostriche del Maryland all'Oyster Bar.

Risalirono la rampa ed Elaine gli diede il braccio. A quel punto si accorsero che intorno a loro molte persone erano completamente immobili.

L'uomo delle pulizie disse: «Ho bisogno d'aiuto».

Ma proprio in quel momento la ragazza avvicinò alle labbra il cucchiaio e mangiò lo yogurt, e il tipo con gli occhiali bevve. L'uomo con la sciarpa a righe raccolse le sue fotografie autografate della Nasa e quello che le stava per scansare riuscì a farlo senza calpestarle. Le immagini non erano di ottima qualità, ma si vedeva comunque il momento esatto in cui l'astronauta Alan Shepard colpiva la pallina da golf.

Il ragazzo finì di allacciarsi le stringhe e finalmente si sollevò in piedi. Il ginocchio gli faceva un po' male. Non era più abituato a stare così tanto tempo nella stessa posizione.

Si verificava un minimo scarto di secondi tra i diversi agenti sottocopertura, e poteva accadere che uno si stesse già muovendo mentre l'altro era ancora congelato. Qualcuno fischiò. Charlie annuì e il reverendo Robert Evans guardò il soffitto. Poi, rivolto alla moglie, disse: «Sai che le stelle sono tutte fuori posto?».

«Cosa, Bob?»

«All'incontrario. Il cielo stellato della Grand Central Station è stato dipinto alla rovescia. Qualcuno dice che s'è sbagliato il pittore, oppure che è come si vedrebbe da fuori, tipo il cielo dal punto di vista di Dio.»

Elaine sorrise.

La giapponese finì di mangiare la banana. L'uomo delle pulizie si grattò il mento, due volte, e chiuse il collegamento del walkie-talkie.

Jason ricominciò a camminare e andò subito verso la ragazza col cappello da fantino. Le avrebbe chiesto, com'è stato gelarsi per due minuti? *Freezing*. Avrebbe insistito su quella specie di brivido che c'era dentro la parola, ti faceva stringere, ti faceva venire voglia di tremare, era una parola che se l'avesse dovuta disegnare, lui l'avrebbe fatta celeste e tratteggiata e coperta da un sottile strato di brina. *Freezing*, ripeteva Jason tra sé, mentre attraversava il salone e la luce si era fatta più dorata e spessa o almeno così gli sembrava.

La ragazza però si era già spostata, non stava più di fronte alla biglietteria, e a quel punto scoppiò l'applauso e tutti ripresero a muoversi veloci, come di solito facevano nel primo pomeriggio alla Grand Central Station, e Jason la perse di vista.

Due anni dopo

Cubetti di ghiaccio alla deriva

I cubetti di ghiaccio nel nostro frigo non esistono più. Ci sono trifogli, elefantini, pesci, funghi, papere di ghiaccio, ma non cubetti. Colpa di Philippe Bertineau. Lo odio quell'uomo, ha i baffi e per di più è francese. Viene da Parigi. Dice sempre, devi andare a Parigi e mi dà i buffetti sul naso, ma io non sono una da buffetti se non l'avesse capito, e non andrò a Parigi. Non è lì che voglio andare, io. Sto lavorando parecchio. Mi sto preparando, seguo un allenamento duro. E comunque Philippe Bertineau, lo chef del ristorante dove lavora la zia, le mette in testa un sacco di idee stupide, compresa quella che le cose che si mangiano devono avere una forma. Tipo col salmone, costruiscono delle montagne al centro dei piatti e poi ci ficcano dentro dei rametti di finocchietto selvatico. Il finocchietto assomiglia a una betulla bonsai ed è uno spettacolo rivoltante. È colpa di Philippe Bertineau se nel mio freezer non si trova più un solo cubetto di ghiaccio che non cerchi di essere qualcosa d'altro. Ma io non ci penso.

Zadie posò la penna e il suo diario sul bordo del lavandino e prese a far cadere i cubetti zoomorfi. Dopo un po', in effetti, nell'acqua tendevano tutti a un aspetto tondeggiante, appena oblungo, che non aveva più a che fare con lo stupido animale o fiore d'origine.

Quando Zadie li staccava dall'involucro c'era un attimo, brevissimo, ma capace di farle provare sempre una sottile morsa di panico, in cui la superficie ghiacciata le si incollava alla pelle delle dita. Si formava un'area di insensibilità improvvisa sul polpastrello, e qualche volta Zadie era rimasta a guardare il ghiacciolo attaccato all'epidermide. Il dito, in trasparenza, sembrava un po' più grande e rosa, e dentro il ghiaccio si addensavano delle bolle, e c'erano come degli aghi, segmenti sottilissimi, aguzzi e verticali.

Il ghiacciolo non si staccava e non cadeva neanche se lei scrollava il dito, e Zadie si era chiesta se un incidente del genere potesse capitare anche su una lastra del pack. Si immaginava tutta intera per quanto era lunga con il corpo appiccicato a un iceberg a perdere sensibilità.

D'inverno, comunque, era più facile allenarsi. Intanto l'acqua che scorreva nelle tubature era già freddissima e anche la temperatura della stanza da bagno non riusciva mai a salire sopra i 16-17 gradi.

La zia non doveva sapere niente di tutta la faccenda.

Soltanto una volta l'aveva sorpresa durante una delle sue prove di resistenza in apnea nella vasca e si era messa a urlare credendo che lei stesse annegando, o qualcosa del genere, e Zadie aveva sentito la voce della zia attraversare l'acqua, un suono strano, prolungato, cavernoso e molle al tempo stesso. Era stata così felice di sentirla gridare.

Per il resto, la zia era piuttosto, come dire, *assente*. In fondo Zadie le era capitata un po' tra capo e collo, come le aveva detto una sera, cercando forse di spiegarle perché non riusciva a starle dietro quanto avrebbe voluto, ma sortendo quale unico effetto che la ragazzina immaginasse se stessa come una specie di oggetto che precipitava dal cielo e colpiva sua zia in piena nuca, stordendola leggermente.

I genitori di Zadie erano morti tre anni prima in un incidente stradale e lei era stata affidata alla sorella più piccola di sua madre, l'unica parente che poteva ospitarla. E tuttavia il fatto che potesse ospitarla, cioè che avesse una camera in più nell'appartamento e che fosse single e con una buona posizione economica, non significava che davvero desiderasse farlo. Lavorava come chef nel ristorante francese di Philippe Bertineau e sognava di diventare sempre più brava e di creare un piatto che qualcuno avrebbe nominato piatto dell'anno e di aprire un giorno un locale tutto suo a Manhattan dove sarebbe andato a cenare Robert De Niro, e insomma, in tutti i sogni che aveva sua zia, Zadie c'entrava davvero poco. Ma alla fine non importava.

Non importava perché Zadie tra non molto se ne sarebbe andata. Era per questo che si stava allenando.

Tutti i giorni la zia usciva intorno alle quattro di pomeriggio per raggiungere il ristorante e non rientrava se non parecchio dopo mezzanotte e nell'appartamento si materializzava quel silenzio speciale e congestionato di fine giornata, ed era allora che Zadie prendeva il ghiaccio.

Dai, Zadie, tu sei grande ormai e certe cose le capisci, le ripeteva la zia, i tuoi genitori non ci sono più, ma ci guardano dal cielo e noi ci dobbiamo dare da fare. Io devo lavorare e tu devi studiare e andare bene a scuola, e quando diceva così Zadie se li immaginava, papà e la mamma, tipo affacciati da una nuvola o da una zona di bassa pressione di quelle che la signora Polan, la mamma di Jason, individuava nei cieli di Manhattan. Se li immaginava con un'espressione un po' dubbiosa mentre la vedevano spogliarsi ed entrare nella vasca da bagno piena di acqua gelata.

Scrollò le spalle e cercò di sbrigarsi. A volte per fare più in fretta si toglieva i vestiti prima che la vasca fosse piena, il che in un certo senso poteva comunque già far parte dell'allenamento.

Chissà se dal cielo, sempre che davvero papà e mamma fossero lassù, si poteva guardare anche attraverso i soffitti dei bagni? Le piastrelle erano visivamente attraversabili?

Immerse il piede sinistro nell'acqua. Sembrava che quella sera fosse più ghiacciata di tutte le altre volte. Fuori il freddo premeva contro le finestre e stava cominciando a nevicare.

Immerse anche l'altro piede, sentì formarsi la pelle d'oca, la peluria appena accennata su braccia e gambe si sollevò e le sue mani diventarono più bianche. Per qualche istante ebbe quasi l'impressione che le mancasse il respiro, ma poi cercò di resistere e rimase immobile nell'acqua finché non riuscì a sedersi in mezzo ai cubetti di ghiaccio che andavano alla deriva. Aveva raccolto i capelli con una pinza sulla testa per non bagnarli. Erano capelli complicati quelli di Zadie, riccioli rossi che piegavano in tutte le direzioni.

Capelli che si vedevano a una grande distanza, le aveva detto una volta la mamma. Anche se ti perdessi sulla Quinta, sono sicura che ti ritroverei, le aveva detto. E perciò Zadie non li voleva mai tagliare, seppure forse i veri esploratori i capelli li portavano un po' più corti.

Si agganciò le ginocchia tra le braccia e guardò la lancetta del suo orologio subacqueo che adesso scorreva con una lentezza esasperante, mentre i denti cominciavano a batterle in bocca senza che lei potesse farci niente. La pelle le bruciava come se qualcuno la stesse trafiggendo con mille spilli e percepiva un dolore forte dietro la nuca, e poi il freddo diventò quasi insopportabile e a Zadie sembrò di poter sentire la forma delle ossa sotto i muscoli, e a quel punto non le restò che pensare agli uomini in fila.

Una linea ininterrotta di sagome che trascinavano le slitte.

Nella fotografia delle spedizioni al Polo Sud il bianco in certi punti sparava mentre in altri prendeva delle sfumature più granulose, ma non esisteva una vera e propria separazione tra il cielo e la terra e a Zadie sembrava che quegli uomini fossero come sospesi, che volassero quasi.

Non avrebbe saputo spiegarlo, ma quelle figure stilizzate, vagamente geometriche, così nere contro il ghiaccio, le trasmettevano un senso di coraggio. La loro determinazione pareva coincidere proprio con il fatto di essere il solo elemento scuro e distinguibile su una distesa per il resto uniforme.

A una libreria sulla Columbus, con la paghetta settimanale che la zia le passava, Zadie si era comprata i diari di Amundsen, Scott e Shackleton.

Si era appassionata al Polo Sud da quando a sei anni i suoi genitori le avevano regalato un mappamondo. Tutti i continenti, quando Zadie lo faceva girare, avevano qualcosa di affascinante, le foreste verde scuro, i laghi, i fiumi, certe parti gialle e infinite che, la mamma le aveva spiegato, erano i deserti. E tuttavia più di ogni altra cosa l'aveva attirata quel cerchio candido e quasi perfetto in cui il mondo sembrava finire, dove davvero non si riusciva a credere che la gente potesse stare in piedi e non – come pareva molto più ovvio – aggrappata a penzolare nel vuoto. E allora la mamma le aveva raccontato di com'era quel posto, degli iceberg enormi che andavano alla deriva, degli animali incredibili che lo popolavano, le foche, gli orsi, i pinguini, e degli uomini che ci erano andati per primi coi cani e le slitte. E da allora Zadie non aveva più smesso di leggere tutto quello che trovava e forse le sembrava che continuare a farlo fosse un modo per ricordarsi della mamma, della sua voce, che era stata la prima cosa a sparire.

Sui diari degli esploratori le annotazioni più frequenti riguardavano la latitudine, la temperatura, le quantità di cibo, gli orari di partenza e arrivo, le miglia percorse. Una registrazione numerica dettagliata, che doveva essere il loro estremo tentativo di dare una forma alla realtà di fronte a tutto quel biancore. Per il resto gli esploratori ripetevano sempre la stessa cosa: quello che contava di più era resistere.

Al freddo e alla solitudine.

Zadie stava per raggiungere il record di quattro minuti, mancava una manciata di secondi. Un cubetto puntò dritto verso il suo ginocchio e quando ci fu la collisione, lei ebbe una specie di scatto nell'acqua che si propagò sotto forma di cerchi e onde fino al bordo, alterando tutta la geografia della distesa ghiacciata.

Mentre nell'appartamento della Settantatreesima Zadie resisteva nell'acqua al freddo e alla solitudine, dall'altra parte della città Jason si trovava in un cinema e osservava i popcorn al di là del plexiglass.

Gli interessava il profilo, la disposizione nello spazio, come si distribuivano gli uni in rapporto agli altri. C'erano diagonali da prendere in considerazione e gradi di curvatura, ma nessuno sembrava farci caso. La gente li mangiava e basta.

Andava al cinema apposta, all'AMC Loews tra l'Ottantaquattresima e la Sesta, o al Village tra la Ventiduesima Est e la Dodicesima, perché lì c'erano i distributori. Prendeva appunti e buttava giù i suoi schizzi.

Quando alla fine, verso le sei, uscì, il vento era già forte e si avvertiva il senso di minaccia imminente che accompagna certe giornate invernali. Jason vide che il cielo a sud era diventato livido, e immaginò l'oscurità carica di pioggia avvolgere i battelli che da Battery Park salpavano per la Statua della Libertà, i moli galleggianti sbattere. A bordo potevi comprare le miniature in rame e plastica color pistacchio made in China o la palla di vetro con la neve. Se la capovolgevi, provocavi sulla statua una lenta bufera di fiocchi bianchissimi.

Jason si strinse nella giacca e, a testa bassa per evitare il vento in faccia, si diresse verso il suo appartamento. Proseguì per un po' lungo la Central Park West, poi svoltò all'altezza della Settantatreesima.

Perturbazione atlantica.

La gente accendeva la luce, in quelle giornate. Tu camminavi e potevi guardare dentro le abitazioni, i soffitti, le librerie appoggiate alle pareti, i quadri astratti, qualcuno affacciato dietro i vetri, un animale da compagnia.

«Quattro minuti.»

Zadie era seduta accanto all'ingresso di Jason quando lui spuntò dalle scale ancora infagottato nel suo eschimo e con le lenti degli occhiali appannate per lo sbalzo di temperatura tra fuori e dentro, cosa che gli succedeva ogni volta quando rincasava in inverno e che divertiva molto Zadie, perché lo faceva sembrare uno di quei sub con la maschera piena di condensa e un po' boccheggianti. Tanto più che boccheggiante Jason lo era davvero quando finiva le scale perché si ostinava a salire i gradini due alla volta per tenersi in forma.

A volte Zadie si domandava se fosse bello. Era alto e aveva i capelli folti e scuri, ma più che bello, tipo quelli in tv, ecco Jason aveva un'aria che ti veniva voglia di sapere che cosa gli stesse passando nel cervello. Sembrava sempre un po' sorpreso, come se la realtà che lo circondava fosse continuamente fonte di stupore per lui e vedesse cose che tu non eri proprio sicura di riuscire a vedere.

Zadie gli sorrise e ripeté: «Quattro minuti».

Ci trascorreva parecchio tempo sul pianerottolo, di solito a scrivere il diario o a leggere. Lasciava la luce accesa nel suo appartamento e si sistemava lì. Ed era stato proprio sul pianerottolo che si erano conosciuti lei e Jason dopo pochi mesi che Zadie si era trasferita dalla zia. Se lo ricordava benissimo, era un pomeriggio scuro e piovoso, in lontananza si sentivano i tuoni e dopo un po' lei non ce l'aveva più fatta a stare da sola in casa e si era messa sulle scale. Non avrebbe saputo spiegare perché, ma quello spazio comune, dove ogni tanto arrivava qualcuno, dove si sentiva l'ascensore scorrere nel pozzo e i rumori provenienti dagli altri appartamenti, la faceva comunque stare meglio che rimanere in casa della zia. Jason come al solito era sbucato dalle scale e quando l'aveva vista, le aveva sorriso e le aveva domandato che cosa ci facesse tutta sola. E Zadie non lo sapeva. In effetti era la stessa domanda che le suonava dentro in una forma buia e confusa da quando i suoi genitori non c'erano più. Che cosa ci faceva tutta sola? E allora Zadie, come se fosse la prima e in fondo l'unica cosa da chiedere a qualcuno per decidere di averci o meno a che fare, gli aveva domandato se a lui piacesse il Polo Sud. E Jason le aveva risposto che non ci aveva mai pensato in effetti, ma credeva di sì, doveva essere un posto interessante. E Zadie a quel punto aveva detto certo, certo che è un posto interessante. È il posto più interessante del mondo e gli aveva spiegato perché, gli aveva raccontato tutto, del freddo, degli esploratori e degli iceberg, finché il temporale fuori era finito e lei era potuta andare a dormire più tranquilla.

Era accaduto altre volte che si incontrassero per le scale e alla fine piano piano erano diventati amici.

Jason a quel punto aveva provato anche a dirle che non gli sembrava una grande idea stare sul pianerottolo, ma era stato inutile, e così adesso lui cercava di sbrigare la maggior parte dei propri impegni nella prima parte della giornata in modo da rientrare più o meno all'ora in cui Zadie rimaneva sola. A volte guardavano insieme la tv, più spesso stavano a parlare, parlavano per ore e ore dei loro progetti, che quando erano insieme sembravano più semplici, più vicini e possibili.

«Quattro minuti?»

«È il mio nuovo record.»

«Ti prenderai una polmonite.»

«No, per ora soltanto una volta mi è venuto il raffreddore.»

«Forse ne dovrei parlare con tua zia.»

«Non puoi farlo. È il nostro segreto. Vuoi sapere una cosa? Se vado avanti così ho calcolato che nel giro di un paio di anni dovrei essere pronta. Quando ne avrò quattordici mi lasceranno andare. La ragazzina in barca a vela l'hanno lasciata.»

Zadie si riferiva alla storia di una quindicenne che aveva fatto il giro del mondo in solitaria un po' di mesi prima. Quella notizia le era rimasta impressa e per parecchio tempo non aveva praticamente parlato d'altro.

«E tu l'hai trovata?»

«No, sono stato al cinema. Dovevo fare dei disegni. È per un nuovo progetto.»

«Ma lei la cerchi ancora, vero?»

Aveva di continuo paura che Jason mollasse. Non voleva che mollasse. Oddio, certo, la faccenda era un po' sentimentale e a Zadie le cose così sentimentali non interessavano, di solito. E poi c'erano degli elementi nel metodo di ricerca di Jason che non riusciva a capire. Ad esempio, per quanto lui le avesse spiegato e rispiegato il discorso sulle coincidenze e gli angoli della città, insomma quella sua teoria strampalata, Zadie proprio non capiva perché Jason andasse a tutti gli appuntamenti, anche a quelli con uomini o vecchiette o ragazzini che già escludevano in partenza la possibilità di incontrare la *sua* ragazza.

Ma comunque, anche se non afferrava alcuni dettagli del progetto, Zadie voleva che Jason continuasse a cercarla.

E non si fidava completamente di lui perché in certi giorni, al ritorno da un appuntamento, gli aveva visto un'espressione che non prometteva niente di buono. Le spalle gli si incurvavano e subito dopo cominciava a disegnare altre cose, tipo le giraffe o le borse o le teiere. Insomma, si distraeva.

D'altra parte non è proprio facile continuare a inseguire

qualcuno che non si riesce a trovare, e in più Jason non aveva un decimo della sua perseveranza e della sua determinazione.

«La stai cercando ancora, vero?» ripeté.

«Certo.»

«Bene, la troverai.»

«La troverò.»

La chiamavano La Ragazza o La Ragazza Col Cappello Da Fantino, e Jason aveva raccontato a Zadie che la prima – e in effetti anche l'unica – volta che l'aveva vista era stato due anni prima alla Grand Central Station. Lei era di spalle e questo cappello da fantino le stava scivolando giù e lui, Jason, l'aveva capito immediatamente perché intorno a lei l'aria era come elettrificata, più brillante, come se la luce si increspasse e ogni cosa diventasse vagamente argentata. Hai in mente la carta stagnola? Come se tutto fosse all'improvviso ricoperto di carta stagnola, le aveva detto Jason. Immaginati una ghianda o una pigna o un meteorite che cade. Ecco, proprio al centro della tua pancia. Era stato quello il segnale. Lui aveva capito subito che si era innamorato e non gli era mai successo, non così, non come se gli cadesse dentro qualcosa.

Era stato quando Charlie Todd aveva congelato la Grand Central Station, e anche questo ovviamente piaceva moltissimo a Zadie, questa cosa del congelamento e del fatto che Jason si fosse innamorato della Ragazza proprio mentre tutto era gelato.

Ce ne stavamo fermi, le aveva detto Jason, a pochi metri l'uno dall'altra e capisci, Zadie? Forse avrei dovuto raggiungerla, toccarle una spalla e scongelarla, ma non so, era tutto talmente forte in quel momento. Voglio dire, che magari anche se non ci fosse stato Charlie Todd di mezzo, io non sarei riuscito a muovermi lo stesso.

Ecco, quella parte a Zadie piaceva da morire. Quella cosa che erano stati così vicini per due minuti di seguito e nessuno dei due si era mosso, quasi davvero fossero stati imprigionati nel ghiaccio. Era talmente romantico, anche se certo lei non era una di quelle ragazzine che si struggono per le storie d'amore. No, era piuttosto l'ambientazione che le piaceva.

E poi veniva la parte che Zadie adorava. Quando lui aveva cominciato a cercarla e aveva tentato in tutti i modi possibili di rintracciarla e per prima cosa aveva scritto una mail a Charlie Todd e gli aveva chiesto se avesse una lista degli agenti sottocopertura o qualcosa del genere, e però Charlie Todd non aveva nessuna lista, non di missioni che coinvolgevano così tante persone. La gente si iscriveva, cercava su internet, si trovava a Bryant Park, esattamente come aveva fatto anche Jason, e seguiva le sue istruzioni quando Charlie saliva su una panchina, tutto qui. L'unica cosa era il filmato. Il filmato della missione era su YouTube, che provasse con quello, gli aveva suggerito Charlie Todd, e Jason se l'era guardato e riguardato, e l'aveva bloccato, mandandolo avanti fotogramma per fotogramma, e aveva persino fatto delle fotografie con la digitale ad alcune scene per poi zoomarle, ma niente, anche nelle panoramiche dall'alto La Ragazza Col Cappello Da Fantino non compariva mai.

E allora Jason aveva partecipato ad altri eventi di Charlie, alla battaglia delle pistole ad acqua, per esempio, e all'invasione di fantasmi alla biblioteca e a un po' di viaggi in metropolitana senza pantaloni, ma non c'era stato niente da fare, lei non si era mai vista, e allora Jason aveva cominciato a cercarla un po' a caso per le strade, e un paio di volte – aveva detto a Zadie – gli era persino sembrato di vederla.

Era stato un pomeriggio dalle parti di Tiffany, e poi un'altra volta a Brooklyn, ma la ragazza era troppo lontana per essere proprio sicuro che fosse lei e comunque si era trattato di un momento e in entrambi i casi era di nuovo sparita e lui l'aveva persa. Ed era assurdo, perché una cosa così non gli era mai capitata, ma più non la trovava e più lei sembrava occupare ogni suo pensiero, come se la sua assenza producesse in Jason una specie di attrazione invisibile, tipo quella che si forma tra un pezzo di ferro e una calamita, che non vedi niente ma le cose si spostano.

E anche quella storia della calamita a Zadie piaceva un sacco. Pensare che La Ragazza Col Cappello Da Fantino e Jason fossero collegati insieme a distanza e i movimenti dell'uno in qualche modo misterioso e segreto condizionassero i movimenti dell'altro. E però adesso la storia dei popcorn non prometteva niente di buono. Jason aveva ricominciato a disegnare cose che non c'entravano. Diceva che era il suo lavoro, in fondo, diceva che bisognava pur avere qualche opera da vendere, che i progetti dovevano essere diversi, diceva proprio che era importante per un artista *diversificare*. Popcorn e teiere e borse false e sassi, ma in effetti *diversificare* non c'entrava niente.

«Sai cos'è che ti frega?»

«Cosa?»

«Cioè non a te in particolare. Consideralo un tu generico.»

«Be'?»

«La paura. *Paura del dolore, dell'ignoto e della propria inadeguatezza.*»

«È il *Manuale*, vero?»

«È molto interessante il *Manuale*, come lo chiami tu. Lo so cosa pensi, ma non m'importa niente. Ci sono scritte un sacco di cose interessanti e in caso ti trovi in una situazione di emergenza almeno sai come si accende un fuoco e come si raccoglie l'acqua potabile. Ad esempio, nevica, no? Sta nevicando. Ecco, lo sai che le distanze sembrano più brevi sopra distese uniformi di neve?»

«Decisamente interessante.»

«E comunque il *Manuale* dice che è proprio la paura, se non la si controlla, a portarti presto alla disperazione e alla perdita della volontà. Ci dovresti riflettere.»

«Insomma, Zadie, è un manuale di sopravvivenza e io non sto cercando di sopravvivere.»

«*Paura del dolore, dell'ignoto e della propria inadeguatezza*. Tu pensaci e basta.»

«Ok, ci penso. Che fai, vieni dentro? Mangiamo insieme?»

«Prendo le mie gallette. Fanno parte della preparazione. La zia mi vuole costringere a mangiare le robe di Philippe Bertineau e io le ho detto chiaramente, figuriamoci. Io posso mangiare soltanto carne o pesce lesso, verdure e gallette. Sto seguendo un programma. Cosa ne sa Philippe Bertineau del mio programma?»

Zadie sparì, e a quel punto da dentro l'appartamento di Jason il telefono prese a squillare. Lui cercò di fare presto, infilò la chiave, fece scattare la serratura e corse a rispondere, e quando sollevò l'apparecchio la voce dall'altra parte disse: «Pronto Jason, ci sei? Dormivi? La tempesta sta interessando tutta la costa est, i venti hanno raggiunto i 160 km orari».

Si collegava con Cnn e Bbc Weather, sua madre, e attraverso un complicato sistema di confronti e indagini, stilava un bollettino. Riusciva a prevedere minime escursioni termiche, a seconda che Jason le dicesse di trovarsi nel West Side o nell'East Side. Sosteneva che ogni quartiere a Manhattan avesse un suo speciale microclima e che prendere la metropolitana era comunque rischioso, perché non sapevi mai che tempo avresti trovato una volta tornato in superficie.

«Ce l'hai la corrente, Jason?»

«Sì, mamma, ce l'ho la corrente.»

Lei abitava ancora a Wilmington, in North Carolina, nel loro appartamento vicino al porto, e Jason sapeva che appena fuori dalla finestra vedevi le navi. Larghe masse scure, che si distinguevano dai caseggiati di cemento soltanto per la fila di luci lungo i ponti. Mercantili che emanavano un odore preciso di nafta, e quando si staccavano dalle banchine lo facevano con un lamento lugubre da bestia, una cosa che – Jason ne era certo – alla mamma aveva sempre creato dei problemi e anche a lui, di conseguenza.

Pompavano in cielo un fumo scuro che chiazzava l'aria e ricadeva sulle cose sotto forma di cenere e di una sostanza che le rendeva unte e stranamente umide.

Navi che partivano. Qualche volta, Jason le sentiva anche attraverso la cornetta del telefono. E sua madre allora aveva sempre una specie di incertezza nella voce, si fermava un momento, un'esitazione di cui forse soltanto lui poteva accorgersi.

«Be', la luce andrà via. Vedrai. Questione di ore. Sta succedendo in Connecticut e in Virginia. Prepara le candele Jason, e non prendere l'ascensore.»

Sua madre monitorava le perturbazioni e le masse d'aria polare dentro cui sarebbe finito Jason sulla Broadway.

«Non prendo mai l'ascensore, mamma. Abito al secondo piano.»

«Giusto... meglio. E anche in New Jersey nevica già.»

Controllava l'immagine satellitare atlantica animata, la sinottica e il monitor delle tempeste tropicali, dove il mondo era uno spazio quadrettato e le zone di alta e bassa pressione spruzzi rosso vivo o blu elettrico, mentre sulla costa orientale si allargavano pozze bianche e cremose, le stesse che alle otto di sera i meterologi indicavano alle loro spalle con una lunga bacchetta metallica e l'aria afflitta.

A un certo punto Jason aveva scoperto che alle loro spalle i meterologi avevano soltanto uno schermo azzurro, niente cicloni o anticicloni, nessuna cartina con gli stati tratteggiati, uno schermo azzurro e un monitor su cui controllare se i loro gesti e le immagini proiettate avrebbero coinciso. Di fatto indicavano cose inesistenti, punti vuoti, mancanze.

Zadie entrò in quel momento con le sue gallette da esplorazione. Si muoveva veloce, con gesti brevi e repentini. Fisicamente Zadie era ancora in tutto e per tutto una bambina, magra e con una pelle così chiara che talvolta Jason, guardandola, si sentiva invadere da una impressione di struggente fragilità, come se avesse continuamente paura che potesse capitarle qualcosa. Sembrava che un soffio di vento appena più forte avrebbe potuto sollevarla in aria e portarla chissà dove. E tuttavia, allo stesso tempo, proprio per quel suo modo di muoversi rapido e perentorio, intuiva nella ragazzina una determinazione innata. Zadie dava la sensazione di sapere esattamente come attraversare lo spazio, dove mettersi in una stanza, in che posizione sedersi, la precisione dei suoi movimenti li faceva sembrare tutti necessari.

Quasi a confermarlo nelle sue riflessioni Zadie si sistemò sulla moquette a gambe incrociate proprio accanto a Jason e gli sorrise, cominciando a scartare il pacchetto delle gallette. Aveva capito subito che Jason stava parlando con sua madre dal modo in cui stava seduto in punta di letto e perciò gli era andata accanto. Le piacevano le telefonate tra lui e la signora Polan, cercava di ascoltare la voce che arrivava dall'altra parte della cornetta e che ogni volta parlava della direzione del vento o dei moti ondosi in attenuazione.

Ci avrebbe fatto conto quando sarebbe arrivato il momento. Le previsioni della signora Polan erano precise al minuto, lei e Jason avevano avuto occasione di constatarlo moltissime volte.

Jason diceva, mia madre sostiene che stasera piove alle sette e si mettevano lì, tutti e due davanti alla finestra ad aspettare, e alle sette davvero iniziava a piovere.

E perciò Zadie aveva deciso che quando sarebbe partita le avrebbe dato il numero del proprio telefono satellitare, perché ogni tanto la signora Polan la chiamasse o le mandasse i messaggi con il bollettino meteo proprio come faceva con Jason. Le avrebbe monitorato le tempeste così da non trovarsi nella situazione di Scott. Scott era l'esploratore che aveva cercato di conquistare il Polo Sud, ma alla fine al Polo c'era arrivato prima Amundsen e la spedizione di Scott non ce l'aveva fatta. Erano rimasti bloccati dalla tempesta, chiusi nella tenda ad aspettare che fuori il vento smettesse di soffiare, ma il vento non aveva mai smesso e loro erano congelati a meno di undici miglia da un enorme deposito di viveri e combustibile.

Ecco, a lei non sarebbe accaduto perché avrebbe telefonato alla signora Polan. La mamma di Jason avrebbe suggerito a Zadie i giorni migliori per la marcia e quelli in cui era più opportuno restare nella tenda a scrivere il diario.

Zadie iniziò a contare le gallette che avrebbe mangiato quella sera, mentre nella cornetta Jason sentì partire un'altra nave.

Quando era piccolo, sotto il loro palazzo c'era una lavanderia a gettoni aperta 24 ore su 24. I clienti arrivavano coi sacchi di biancheria anche in piena notte e il padre di Jason continuava a ripetere che il proprietario aveva fatto l'affare del secolo.

Dev'essere una catena, diceva suo padre, e sembrava trattarsi della miglior cosa che un uomo potesse avere: una catena di lavanderie. E allora Jason, da bambino, ogni volta si immaginava una teoria di negozi in tutto e per tutto uguali a quello che stava sotto il loro appartamento, le superfici riflettenti delle macchine, le luci verdi e rosse che lampeggiavano, le pareti lavabili, una moltitudine di negozi collegati l'uno all'altro attraverso le strade buie del paese che avrebbe reso suo padre felice.

Qualche volta Jason si affacciava anche di notte dalla finestra della cameretta, quando i suoi genitori lo credevano già addormentato. L'odore era multiforme e tuttavia circoscritto: acqua di fiume, alghe marce, disinfettante per gli scarafaggi e sapone di Marsiglia in polvere. Un misto che se avesse potuto, avrebbe cercato di riprodurre in laboratorio per ricordarsi com'era avere otto anni nelle sere d'estate a Wilmington. Gli piaceva stare lì, a respirare e guardare la gente entrare e uscire nella pozza di luce che si formava sul marciapiede e ascoltare le voci che gli arrivavano più o meno forti, il rumore dei gettoni che cadevano nelle apposite fessure, il suono circolare e sonnolento della centrifuga che non smetteva mai, i tonfi sordi dei panni bagnati contro l'oblò del cestello.

Suo padre che diceva, *catena di lavanderie*. Era il ricordo più nitido che Jason avesse di lui, prima che se ne andasse di casa.

Era appena partita la Rosemary 2, una nave cargo che stava lì da mesi. Jason e sua madre avevano sentito la sirena mentre lo vedevano attraversare la strada con le valigie e allontanarsi di spalle. Chissà perché a Jason era sempre rimasto impresso il fatto che la partenza di suo padre e quella della nave avessero coinciso perfettamente.

«Al telegiornale raccomandano di evitare i parchi. Non ci andare, Jason, ok?»

«Di solito non vado nei parchi, mamma.»

«Oh, certo che ci vai. Ma non dico di non andarci per sempre. Soltanto, in questi giorni evita. È questo che dicono di fare. Per via degli alberi. Cadono, e ci sono già tre vittime.»

Jason immaginò tre omini stilizzati in mezzo agli alberi. Gli alberi erano aceri come quelli che si trovavano a Central Park e lui avrebbe disegnato le foglie, una per una con estrema attenzione, come faceva con tutto. Ma esaurire le foglie di Central Park, ecco, forse era davvero impossibile, anche se Jason era soprattutto questo che desiderava di più: esaurire categorie. Una volta aveva disegnato tutte le opere del MoMA, ci aveva trascorso giorni e giorni, seduto sui divani di pelle cibandosi soltanto con le merendine dei distributori, per cercare di riprodurre i pesci di Matisse e i rombi dell'arlecchino di Picasso e per copiare la coperta del letto di Van Gogh. Ogni opera a cui lavorava Jason partiva dal tentativo di esaurire una categoria.

D'un tratto gli venne in mente che il giorno dopo aveva un appuntamento.

«Tra quanto è previsto che la situazione peggiori, mamma?»

«Hanno detto di stare in casa.»

«Ma per quanto tempo?»

«Jason, non si tratta di neve. È una tempesta, capisci? Di quelle che poi fanno dei bilanci. L'hanno chiamata la Tempesta Perfetta. E comunque, Jason, al massimo fra tre o quattro giorni. Meno di una settimana e New York sarà immobilizzata.»

Pensò che andava bene, allora. Una settimana andava bene. L'appuntamento non sarebbe saltato. Non faceva mai slittare gli appuntamenti, perché tutto si basava proprio sul tempo, sulla sincronizzazione, sul fatto di accordarsi riguardo al momento esatto e alla strada. Per trovare La Ragazza si era messo in testa di esaurire la gente di New York. Dava a ciascuno un appuntamento preciso, e di solito preferiva gli angoli, tra la Quarantaquattresima e la Terza, tra la Herald e la Broadway, tra la Settantunesima e Amsterdam Avenue.

Nel 1811 DeWitt, Rutherford e Morris avevano proposto, per il progetto del modello di Manhattan, dodici avenue in direzione nord-sud e centocinquantacinque strade in direzione est-ovest, e con ciò deciso una volta per tutte che qualsiasi cosa negli anni a venire sarebbe accaduta all'interno dei 2.028 isolati della loro Griglia: anche l'incontro tra Jason e La Ragazza Col Cappello Da Fantino.

E così Jason tra gli angoli di quei 2.028 isolati – che nello specifico dovevano essere, se i suoi calcoli erano giusti, in tutto 8.112 –, e insomma tra tutti gli 8.112 angoli di Manhattan, Jason ne sceglieva uno e poi diceva alle persone di stare ferme. Per due minuti. Il tempo era quello. Lo stesso che aveva avuto alla Grand Central Station, quando aveva visto per la prima volta La Ragazza Col Cappello Da Fantino. Erano trascorsi due anni da allora e, checché ne pensasse Zadie, lui non aveva mai smesso di cercarla. Il criterio con cui aveva deciso di procedere era semplice, sempre lo stesso: esaurire la categoria per l'appunto. Disegnare tutte le persone di New York, ma proprio tutte, finché non avesse ritrovato la Ragazza Col Cappello Da Fantino.

All'inizio era andato a caso e qualche volta ancora lo faceva, ma poi aveva pensato che fissare degli appuntamenti avrebbe aumentato la probabilità. In fondo si trattava soltanto di questo, una legge matematica. La probabilità di un evento è il rapporto tra il numero dei casi favorevoli all'evento e il numero dei casi possibili, purché questi ultimi siano tutti equiprobabili.

Ritrovarla o no, riuscire a parlarle, baciarla, sposarla, passare con lei il resto della vita: una legge matematica applicata agli 8.112 angoli di Manhattan.

E non poteva saltarne neanche uno, di appuntamento, altrimenti si sarebbe inceppato il meccanismo, la catena di eventi e coincidenze che – Jason ne era certo – l'avrebbero prima o dopo portato da lei. Quanto al fatto che ogni tanto qualcuno non si facesse trovare nel punto stabilito, be', non era certo responsabilità sua. In fondo anche questo rientrava nel meccanismo di coincidenze, persino quando a non presentarsi erano state delle ragazze che avrebbero potuto essere lei. Era accaduto tre o quattro volte, Jason c'era rimasto male e tuttavia non aveva mollato.

«Devi andare a fare la spesa. Ce l'hai da mangiare?»

Jason guardò le due confezioni famiglia di popcorn dell'American Garden. Erano fatte apposta per il microonde. Non dovevi neanche aprirle. Succedeva tutto nella busta, la mettevi così dentro il forno e regolavi la temperatura. Zadie aveva le sue gallette.

«E non prendere l'ascensore.»

Quando Jason riattaccò, Zadie stava scrivendo qualcosa sul proprio blocchetto. Girava sempre con un blocco in tasca e teneva un diario preciso di quello che accadeva. Jason sapeva di occupare diverse pagine sul diario di Zadie e che lei scriveva cose tipo: *Stasera la squadra prevede di guardare un film in dvd fino al ritorno di mia zia. Jason cuocerà nel microonde i popcorn dell'American Garden. Il nostro peso attualmente è di 35 kg e 83 kg. Con l'inverno potrebbe diminuire. Jason lo spera.*

Mutuava lo stile dai diari di Scott, Shackleton e Wilson, e a Jason vedere la propria vita registrata istante per istante faceva un effetto strano. Zadie annotava anche tutti i suoi appuntamenti e questo li rendeva simili a delle vere e proprie missioni. Sapeva ad esempio quanti isolati lui doveva percorrere e a volte si preoccupava di registrare anche la temperatura esterna, in questo sollecitata – inutile nasconderlo – dalle telefonate della signora Polan.

Jason mise la busta di popcorn nel microonde.

Quando esplodevano, assumevano forme e colorazioni diverse. Angoli e archi, chiaroscuri. Diagonali, linee di forza.

Jason prese un foglio e una matita, mentre aspettava.

«Mia madre dice che tra meno di quattro giorni ci sarà la Tempesta Perfetta.»

Zadie si voltò a guardarlo.

«Neve. Una tempesta di neve. Ma dice che il fatto che utilizzino l'aggettivo perfetta dovrebbe metterci maggiormente in allarme. Sai, tipo una cosa più definitiva.»

«Più definitiva» ripeté Zadie.

«Dice che dobbiamo fare la spesa. Ma credo che con le tue gallette e i miei popcorn per un po' ce la potremmo cavare, che pensi? La mamma dice anche che non dobbiamo andare nei parchi.»

Zadie restò un momento in silenzio, nei suoi occhi passò come una luce velocissima e intensa. Poi sorrise.

Scene di caos e gioia

A Charlie Todd piace mescolare le cose vere con quelle inventate.

Quando lo fa si accorge che poi diventa più difficile stabilire delle differenze, nel senso che non si capisce più quali siano i criteri per cui una cosa sei sicuro che non esiste e un'altra che esiste, e questo lui lo trova abbastanza rassicurante.

Di solito si serve di una pallina di gommapiuma. La strizza nel pugno e la lascia a intervalli, perché lo aiuta a pensare.

Un po' di tempo fa ha messo un Rocky finto nel mondo vero. Quando ha visto Rocky la prima volta al cinema, Charlie aveva dieci anni e se la ricordava perfettamente la scena in cui il campione usciva di casa e cominciava a correre lungo le strade e poi saliva la scalinata. C'era quella musica sotto che ti faceva venire voglia di correre anche a te e che ti convinceva che ce l'avresti fatta.

E comunque quando il Rocky di Charlie – un po' sovrappeso e in affanno, a dire il vero – ha attraversato la città, tutti i passanti gli gridavano vai Rocky, vai, come se fosse il vero Rocky, come se credessero che da lì a qualche giorno sarebbe salito sul ring. E poi Rocky ha attraversato il parco e i bambini gli sono andati dietro. E Charlie pensa che questa è una conseguenza, questa è una cosa che è successa davvero. Un bambino deve aver smesso di giocare o di mangiare un gelato e si è messo a correre e questo per una successiva catena di incastri produrrà degli effetti nella sua vita. È inevitabile. Non può non succedere. Un giorno quel bambino che nel frattempo è diventato adulto, e magari è il responsabile commerciale della Lego, dovrebbe dire, ok, è vero, se è andata così è perché io un pomeriggio di parecchi anni fa mi sono messo a rincorrere Rocky fino sopra la scala, un pezzo si è incastrato con un altro pezzo, poi con mille altri ed eccomi qui.

È febbraio, e dal suo appartamento che dà sulla Bowery Charlie non riesce a vedere altro che buio e un nevischio sottile che cade mescolato a pioggia. È difficile resistere in giornate così. C'è una concentrazione troppo alta di realtà nell'aria e la gente ha freddo e cammina veloce e si infila nei supermercati e fa la spesa in fretta.

Una volta, nel supermercato del Queens, il tipo con l'ananas in mano si è messo a cantare in mezzo alla corsia e poi è arrivata la ragazza e anche lei si è messa a cantare. Era stato divertente. Come nei film, quando ad esempio Fred Astaire e Ginger Rogers, nel bel mezzo della vita, mentre apparecchiano la tavola o vanno al lavoro, o fanno la spesa per l'appunto, si mettono a ballare e a cantare e sembra la cosa più normale del mondo. E allora Charlie ha voluto provare nel supermercato del Queens. E in effetti anche lì in qualche modo ha funzionato.

Dieci anni fa, al suo arrivo a New York, la cosa che credeva di dover fare era stato cercare audizioni, imparare pezzi, presentarli, sperare che lo scritturassero. In quel primo periodo aveva praticamente accettato qualsiasi lavoro e la frase che gli dicevano più spesso era, le faremo sapere. Poi un giorno aveva deciso di salire sulla metro in mutande.

Era stato allora che la sua vita aveva preso una piega differente. Le mutande erano dei boxer gialli a pois neri che da una certa distanza assumevano un aspetto leopardato. E se la sua vita da lì in poi era cambiata una parte della responsabilità era della ragazza che leggeva un libro. A un certo punto, quando alla seconda fermata della linea 6 era salito un altro complice senza pantaloni, lei aveva messo via il libro e aveva sorriso. Ecco, era quello. Il suo sorriso aveva convinto Charlie a continuare, a pensare che nella sua idea ci fosse del buono.

Lo scorso mese c'è stato il decennale. Trecentocinquanta agenti hanno viaggiato in mutande su tutta la linea metropolitana di New York e contemporaneamente è successo qualcosa di simile in un'altra cinquantina di città in tutto il mondo.

Anche quella è una cosa che gli piace. Che a causa sua certe persone vadano dove altrimenti non sarebbero andate, percorrano nuove traiettorie, si trovino nello stesso posto alla stessa ora, e che senza il suo intervento non sarebbe successo. Charlie crea dei punti di contatto in giro per la città e anche per il mondo, in effetti. Magari quelli poi si conoscono, magari si rivedono, si formano dei legami, dei collegamenti.

Lo chiama, *creare scene di caos e gioia*.

Charlie torna verso la finestra, la sensazione della palla in mano è variabile, la gommapiuma ha una strana consistenza e a volte ti sembra più dura e poi cede di colpo. Gli piace anche farla rimbalzare ogni tanto, ma per lo più la stringe e la molla a intervalli regolari.

Nel 2008 ha radunato nella Grand Central Station duecentosette complici che all'ora stabilita si sono immobilizzati nella posizione in cui si trovavano. Poi ha organizzato una corsa tipo Pamplona a Venice Beach, con cinque o sei uomini vestiti da tori che inseguivano cento figuranti terrorizzati. Charlie Todd ha bisogno di ricapitolare, di passare in rassegna le sue imprese. È come una ricarica. Gli serve quando gli manca l'ispirazione per la prossima performance.

Magari è colpa di febbraio, pensa Charlie. A febbraio è come se le giornate fossero in discesa e una specie di liquido scivolasse lungo le ore per raccogliersi sul fondo, di sera, denso e nero. Una specie di gelatina scura che intrappola le cose e rende il silenzio quasi palpabile.

Deve fare qualcosa, pensa. Qualcosa per scacciare via tutto questo buio.

Nessuno vuole disegnare Lisa Simpson

L'aereo stava procedendo lentamente sulla pista, compiva quelle curve che contengono nella loro natura qualcosa di sproporzionato. Le ali, la lunghezza della fusoliera, non c'entravano con le piste asfaltate, così brevi, così strette, pensava Alice, mentre cercava di non fissare il monitor di fronte a sé. Chi era stato a decidere a un certo punto che durante il decollo i passeggeri dovessero avere tutta quella consapevolezza? Il sistema prevedeva due telecamere, una trasmetteva dalla coda dell'aereo e inquadrava il percorso con una visione più panoramica, l'altra invece doveva essere dalle parti del carrello e restituiva sullo schermo l'immagine ravvicinata del tratteggio giallo sull'asfalto, dei segnali per i piloti, delle luci. Alice nel tentativo di escluderle entrambe, continuava a passare da una all'altra, col risultato che quello zapping aereo la stava agitando ancora di più.

E poi però nella cabina ci fu una specie di suono, sul monitor le immagini scomparvero e apparve la scritta *Annuncio* e a quel punto per Alice tutto diventò come nei filmati di repertorio dei voli spaziali.

La voce del comandante preceduta da una specie di

scarica elettrica e i numeri che pronunciava, benvenuti sul volo 629 dell'American Airlines diretto a New York, ecco, i numeri sembravano comunque appartenere a un qualche genere di conto alla rovescia, come quelli dei documentari sull'Apollo 11. Alice non riusciva a non pensarci. Ogni volta che prendeva un aereo e stava per decollare, le veniva in mente il momento in cui parte il razzo.

Nella luce blu elettrica dei riflettori la sagoma dell'Apollo ha un aspetto minerale, iridescente, e quando si accendono i termopropulsori le strutture intorno vengono rimosse, le braccia meccaniche si staccano con movimenti preistorici e una pioggia di detriti incandescenti cade e precipita. Poi, in rapida sequenza, vengono inquadrati la stanza dei bottoni, gli ingegneri, i tecnici, le cuffie e i binocoli, e poi di nuovo esterno giorno: una fiancata, la punta scoscesa del vettore, breve panoramica della folla. E alla fine il conto alla rovescia, i ronzii, le scariche elettriche tra un numero e il successivo.

Le immagini rallentano. L'esplosione, il rombo, il fumo. Stacco. Buio.

Era stato un suo amico, Luca, a dirglielo, quand'era tornato dal Canada dove aveva frequentato un corso per piloti aerospaziali in collaborazione con l'Alenia di Torino. E lui, invece di parlarle di decolli e atterraggi, se n'era uscito con quella storia: ho conosciuto una ragazza in tutto e per tutto identica a te, sai Alice? Che sta studiando per diventare un'astronauta. Missioni della Nasa, basi interplanetarie, assenza di gravità. Ecco, da quando quel suo amico le aveva raccontato della ragazza identica a lei che si addestrava per diventare astronauta, era stato difficilissimo non pensarci.

Alice se la immaginava a metà di un movimento fluttuante, alla deriva tra stelle e asteroidi, sorridente, valorosa, assolutamente tranquilla e sicura sul da farsi, e suo malgrado pensava che forse c'era anche un'altra possibilità. Un modo diverso di declinare se stessa.

Aveva sempre paura, Alice.

Un panico che le montava dentro, solitamente scollegato da qualsiasi dato concreto e che nel tempo si era via via condensato intorno a situazioni e oggetti diversi.

Aveva cominciato con un phon.

Poteva avere quattro o cinque anni e c'era questo phon.

Un Philips, a quanto ricordava, in cui a un certo punto si era rotto un minuscolo pezzo di plastica. Niente di importante, in effetti, funzionava lo stesso, l'aria calda soffiava ancora secondo velocità diverse, e però il pezzo di plastica si era incastrato nella ventola e così il phon produceva un rumore come se stessero sparando, con un andamento crescente che faceva diventare la porcellana della vasca gelida, gli asciugamani spessi e opprimenti, il verde acido delle piastrelle così intenso da farla rabbrividire, e Alice a quel punto sprofondava in un istante di puro terrore mentre in testa riusciva a distinguere una per una le punte dei suoi capelli che si asciugavano.

Era sicura che fosse partito tutto dal phon, come se quel fragore le avesse inciso una specie di taglio, di fessura nella carne, e da quella lacerazione negli anni successivi si fossero infilate tutte le altre paure.

Quella delle discese sulla neve, le lastre luccicanti di ghiaccio con i tratti screpolati che lasciavano scoperta la roccia; gli skilift, la possibilità che la sbarra della seggiovia non si sollevasse o si sollevasse troppo in fretta condannandola a penzolare nel vuoto o peggio facendola cadere nei canaloni in cui affondavano i tralicci di ferro degli impianti.

La paura dei temporali e dei lampi di notte, delle tende dietro a cui ti immaginavi si nascondesse qualcuno, degli elettrodomestici quando erano in funzione, le centrifughe della lavatrice, gli scatti e i fremiti della corrente, e dell'acqua che colava negli scarichi, degli allarmi che suonavano, dei quadri elettrici, delle manopole per chiudere il gas e di tutti quegli interruttori che c'erano in casa e non sapevi mai se per sbaglio li avevi sfiorati, se erano scattati davvero o no. Dei posti alti, dei posti troppo stretti, dei boschi e dei sentieri che si perdevano tra gli alberi; e degli alberi, se erano eccessivamente frondosi e fitti, di nuotare, di tuffarsi, di andare sui pattini, sulle montagne russe e dunque ovviamente anche di volare.

Tra pochi minuti la hostess avrebbe fatto finta di legarsi addosso il salvagente, avrebbe fatto finta di gonfiarlo, di fischiare e di accendere la luce di emergenza. Avrebbe fatto finta di precipitare in mare e salvarsi.

E poi in sottofondo una voce fuori campo avrebbe detto che la maschera per l'ossigeno era riposta nell'abitacolo sopra le loro teste e che bisognava tirarla e dopo averla indossata si potevano aiutare i passeggeri vicini in difficoltà. E perciò Alice stava cercando di creare un legame – sorridendogli e guardandolo insistentemente – col tipo grosso che le sedeva accanto. Lei sarebbe stata il passeggero vicino in difficoltà, ne era sicura.

Alice provò a togliersi il cardigan senza sganciare la cintura. Cosa le era venuto in mente di indossare quel maglione? Era grosso e pesante e inconciliabile con la temperatura vagamente equatoriale dell'aereo e quel colore arancio vivo della lana sembrava esso stesso sprigionare calore. Si contorse per un po' sul sedile, e poi finalmente rimase in maglietta. Lo sapeva già che poi avrebbe avuto freddo, perché non ci si poteva fidare del sistema di condizionamento degli aerei, come di tutte le altre apparecchiature di bordo del resto.

Sorrise di nuovo al tipo grosso che questa volta la guardò con una punta di fastidio.

Le sarebbe venuto il panico, ecco cosa sarebbe accaduto. Le veniva sempre il panico. Non avrebbe visto i corridoi luminosi, non sarebbe stata in grado di gonfiare il salvagente e avrebbe dimenticato di togliere le scarpe col tacco rischiando di bucare lo scivolo gonfiabile.

Le paure si combinavano dentro di lei, si amalgamavano e sovrapponevano fino al punto che Alice si sentiva attraversare da una specie di turbamento informe, come una tonalità monotona e continua che scorreva appena dietro la superficie della sua esistenza e non la abbandonava mai, neppure adesso che stava per lasciarsi tutto alle spalle.

Quando le era arrivato il messaggio di Filippo e Doug, Alice aveva pensato che c'erano troppe questioni da risolvere, sentimentali e professionali, perché lei potesse andarsene di punto in bianco. Ma nelle ore successive, mentre da New York continuavano ad arrivarle messaggi su messaggi, sempre più incalzanti e convincenti – *Ti prego, raggiungici. C'è la neve e ti portiamo a mangiare le bistecche del Gallagher. Ti faremo passare una settimana indimenticabile* –, Alice aveva concluso che forse proprio quell'infinita quantità di problemi poteva essere un'ottima ragione per salire sul primo aereo e sparire per un po'. Tanto più che Doug e Filippo le mancavano moltissimo.

Si erano trasferiti negli Stati Uniti da tre anni ormai, e anche se si vedevano su Skype e si sentivano spesso, Alice provava una tremenda nostalgia per il loro modo di farla sentire tranquilla e protetta. Quando stavano in Italia, passavano insieme il Natale e la Pasqua. Al contrario di Alice, Doug e Filippo erano entrambi bravissimi a cucinare e così lei di solito metteva la casa e il vino, mentre loro portavano casseruole calde e cascate di bignè.

Certo, aveva pensato Alice, passare qualche giorno con loro l'avrebbe aiutata, e ci volevano soltanto sette ore. *Attraversi un pezzo di cielo e sei qui*. E New York sotto la neve era talmente bella e le bistecche del Gallagher irresistibili.

E insomma, alla fine era partita.

Il comandante comunicò la durata del volo e l'ora di arrivo prevista, l'aereo poco dopo iniziò il decollo. Alice avvertiva una certa nausea alla bocca dello stomaco, ma in effetti sembrava non dipendere dal movimento, perché era esattamente la stessa che percepiva a intervalli regolari da qualche giorno. Una nausea psicosomatica, concluse Alice, e probabilmente aveva a che fare con Mattia, Gabriele, Robi Rosi e Lisa Simpson.

«Cosa sta succedendo a Lisa?» le aveva chiesto la settimana prima Robi Rosi, dopo averla fatta chiamare in ufficio. Alice arrangiava i dialoghi per il doppiaggio dei *Simpson* e le cose fino a quel momento erano sempre filate lisce, ma quella sera il suo capo stava tamburellando e questo non era affatto un buon segno.

«Le sue battute, le cose che dice. Nell'originale certi passaggi sono più sfumati, mentre nei tuoi adattamenti, Alice, c'è... malinconia, ecco, mi stai facendo diventare Lisa malinconica e a dire la verità, anche un po' polemica...»

E poi per il resto del tempo Robi Rosi si era dilungato sulle implicazioni.

«Stiamo parlando di qualcosa di complesso. Dannatamente più complesso di un cartone animato. Attribuiscono a Homer correnti di pensiero, dicono che questi ometti gialli hanno narrato le trasformazioni dell'Occidente, la fine delle ideologie, capisci? Il muro di Berlino. La società partecipata. *I Simpson*. Noi stiamo maneggiando esplosivo. Considera le implicazioni.»

E poi dopo un momento di silenzio che ad Alice era sembrato lunghissimo, Robi Rosi aveva aggiunto: «Io sento delle sbavature».

Sbavature, certo, era un modo per dirlo.

Stava da quattro mesi con Mattia e le cose andavano bene quando nella sua vita era comparso Gabriele, il suo fratello gemello.

L'aveva baciata in cucina, Alice ricordava l'odore dello shampoo, Gabriele aveva i capelli bagnati, mela verde. E ricordava che Mattia era appena sceso a buttare vetro e lattine.

Dopo quel bacio ad Alice era venuto in mente che Gabriele potesse essere la versione più riuscita di Mattia e per un po' si era vista con entrambi. Ovviamente Mattia non sapeva niente, mentre Gabriele viveva l'intera faccenda come un momento di passaggio. Alice per un po' aveva continuato a oscillare tra i due senza sapersi decidere, e proprio in quel periodo in cui la sua testa era piena di confusione i dialoghi di Lisa Simpson avevano cominciato ad assumere un'impronta un tantino personale, scambi e riflessioni che avevano più a che fare con la vita di Alice a Torino che non con le dinamiche narrative di Springfield.

Nessuno voleva disegnarla.

E questo a causa dei suoi capelli.

Per disegnare la testa di Lisa bisognava seguire un procedimento complicatissimo e uno dei disegnatori, David Silverman, diceva che era davvero la cosa più difficile. La testa di Lisa è così astratta, diceva. E Alice aveva affidato proprio a quella testa astratta tormenti e ragionamenti sulla fine delle sue storie.

Sì, perché erano finite tutte e due le storie.

Era stato parecchio strano, o almeno così pensava Alice. All'inizio aveva creduto che vedendosi con Mattia e Gabriele si sarebbe sentita amata da entrambi e avrebbe soltanto dovuto scegliere quale tipo di amore fosse, come dire, più emozionante per lei, più travolgente. Ma poi, mentre si vedeva ora con uno ora con l'altro, aveva cominciato a sentirsi sempre più sola. Non sapeva spiegarselo, ma le sembrava di essere l'unica che si stesse giocando tutto, l'unica a cui importasse davvero trovare una soluzione. Le sorridevano, la abbracciavano, facevano l'amore con lei e Alice si sentiva invadere da qualcosa di buio e infinito. Una specie di mancanza, che non solo Mattia e Gabriele non riuscivano a colmare, ma piuttosto parevano allargare, tirando uno da una parte e uno dall'altra, come si allarga uno strappo in un lenzuolo.

Li aveva lasciati. A poche ore di distanza uno dall'altro, subito dopo essere uscita dall'ufficio di Robi Rosi.

Prenditi una pausa, le aveva detto il capo. Niente dialoghi

per un paio di mesi. Pensala come una specie di vacanza. Abbiamo già una persona che ti potrà sostituire.

Avevano sempre una persona che ti poteva sostituire, aveva pensato Alice, e poi si era decisa a parlare con Mattia e Gabriele. Aveva utilizzato quasi le stesse parole e loro avevano assunto quasi la stessa espressione, al punto che lei avrebbe potuto prendere le loro facce e metterle una sull'altra senza che un solo punto si discostasse dal suo corrispondente.

Alice aveva immaginato che per ogni doppio esistesse una versione più riuscita, proprio come per lei e la ragazza dello spazio che volteggiava da qualche parte oltre l'atmosfera senza nessuna paura. E perciò, aveva pensato, anche tra Gabriele e Mattia uno dei due doveva essere il migliore, quello giusto, solo che lei non sapeva quale, né lo avrebbe mai saputo. E l'aveva capito – adesso improvvisamente se ne ricordava – mentre finiva l'adattamento di una puntata.

Stazione di Springfield, il supplente giovane e bello che ha insegnato nella classe di Lisa nelle ultime settimane sta per partire. Lisa lo guarda e gli dice: se non le dispiace correrò lungo il treno mentre la strappa via dalla mia vita per sempre.

Ecco, era stata quella scena. Mentre scriveva la battuta, Alice l'aveva sentita strana, e in qualche modo che ancora adesso non riusciva a spiegarsi, le era scivolata dentro. E allora l'aveva ripetuta a voce alta, da sola, di fronte al computer.

«Se non le dispiace correrò lungo il treno mentre la strappa via dalla mia vita per sempre.» Era così romantica, così dolce, e a lei no, non sarebbe successo. Se fosse partita, Gabriele e Mattia non avrebbero corso lungo il binario. In effetti, adesso aveva le prove. Aveva fatto il check-in, si era sottoposta ai controlli di sicurezza, aveva imboccato il tunnel che immetteva direttamente nell'ingresso anteriore dell'aereo, e nessuno le era corso dietro.

Il tipo accanto continuava a ignorarla, ma Alice non smetteva di sorridergli, mentre il vuoto pneumatico dell'apparecchio dell'American Airlines sembrava invaderla piano, come qualcosa che la gonfiava da dentro e le faceva percepire distintamente tutto lo spazio che c'era.

Aveva davanti a sé una confezione di noccioline salate – estremamente difficile da aprire, come tutte le confezioni aeree di noccioline – e Alice pensò, io sono qui che sorrido al mio vicino di posto, e lei invece probabilmente galleggia nel vuoto, intenta ad aggiustare un elemento molto futuristico e luccicante.

Aggiustavano sempre qualcosa, sullo sfondo della vastità nera e infinita. Avevano strumenti che alla tv sembravano cacciaviti e chiavi inglesi e attaccavano e staccavano cavi, stringevano viti e bulloni, continuamente sospinti da un vento cosmico che li faceva sbandare piano sul lato della stazione orbitante.

Se la immaginava così, la ragazza che le assomigliava. Se la immaginava felice e leggera, e si immaginava che fosse fidanzata con un meraviglioso ingegnere di Cape Canaveral che la seguiva sul monitor e aveva una fitta al cuore ogni volta che la sua navicella compariva nelle immagini sgranate.

Oppure in quel momento la ragazza dello spazio ballava *Garota de Ipanema* come aveva fatto Pete Conrad, uno degli astronauti dell'Apollo 12 e il terzo uomo a essere sceso sulla Luna, che una volta lì si era messo a volteggiare in mezzo ai crateri alzando a ogni balzo un po' di polvere, o invece forse la ragazza dello spazio mangiava un piatto di spaghetti in orbita, come Alan Bean, un altro pilota americano che aveva tentato la disperata impresa di arrotolare spaghetti in assenza di gravità intorno a una forchetta.

Ecco, si immaginava Alice, che la ragazza dello spazio scende dal modulo Antares, si muove in una tuta argentata e scintillante, che sembra fatta di mercurio liquido. Ogni suo gesto ha qualcosa di rallentato come succede a tutti quelli che vanno sulla Luna. Si piazza a gambe larghe in mezzo al nulla, fa oscillare il ferro avanti e indietro. Prende la pallina, la sistema come può di fronte a sé, anche se quella continua a fluttuare senza peso. Poi tira e la colpisce.

L'astronauta Alan Shepard, al di là di ogni sua aspettativa, era diventato famoso per aver giocato a golf. Era passato alla storia come il primo uomo ad aver eseguito un putt sulla Luna.

E allora magari adesso era quello che stava facendo la ragazza dello spazio, lanciava nel buio interstellare palline da golf.

Per un momento, mentre era sul volo 629 Torino-New York, Alice pensò che in un certo senso non erano mai state tanto vicine, che adesso avevano quasi la stessa visione dall'alto, quella distesa di atmosfera fuligginosa che avvolgeva le cose terrestri e le faceva sembrare del tutto irrilevanti.

Ma lei non aveva nessuno che la stesse seguendo su un monitor, lei si sentiva più come uno di quegli astronauti di cui erano pieni i racconti di fantascienza che per qualche intoppo burocratico o per un malfunzionamento meccanico restavano a beccheggiare in eterno nello spazio, terrorizzati e soli, alla deriva, senza essere più in grado di tornare né di mandare alcun messaggio né di volare via verso altri pianeti.

Se tu volessi aumentare le probabilità

Il tipo che l'aveva contattato si chiamava Josh Rubin e lo avrebbe aspettato al Cool Hunting Shop sulla Quinta.

Jason non voleva che gli dicessero nient'altro, soprattutto non voleva che gli dessero dettagli fisici, tipo sono alto, sono basso, ho i capelli rossi, porto i baffi. Soltanto il punto preciso in cui lo avrebbero aspettato e com'erano vestiti. Nella sua mail Josh Rubin aveva parlato di un maglione giallo limone e di scarpe da tennis All Star alte, foderate in pelo bianco. La faccenda si sarebbe svolta dalle 18.54 alle 18.56.

Esaurire la categoria. Si trattava di disegnare qualcuno tutti i giorni, nei bar, nei ristoranti, in strada, camminare per la città e provare a disegnarli tutti, tutti quelli che ci abitavano e quelli che ci capitavano per caso, mentre dormivano sui vagoni della metro e ogni tanto gli cadeva la testa, o quando stavano fermi tra due gradini della scala mobile in un centro commerciale, mentre suonavano la chitarra a un incrocio, mentre cercavano le chiavi di casa, timbravano un biglietto, compravano il pupazzo di King Kong sull'Empire State Building, portavano a spasso un cane infagottato in un cappotto scozzese, mentre si facevano fotografare con l'uomo sandwich, o sceglievano un set di posate col manico in resina azzurra da Bloomingdale's, o cuocevano gli hamburger su una piastra arroventata, o inseguivano un piccione finché non volava via.

Alle 18.53 Josh Rubin uscì dalla porta a vetri del Cool Hunting. Di solito arrivavano con un po' di anticipo. Non è che proprio si mettessero in posa, ma ci ragionavano, ecco. La posizione dei piedi, delle braccia. Cambiavano di posto o espressione. E questa era la differenza principale tra i primi lavori, quelli in cui aveva ritratto gente che incontrava per caso, e i disegni dell'ultimo anno, quando a Jason era venuto in mente di aumentare le probabilità. L'aveva anche scritto sul blog. *Se tu volessi aumentare le probabilità di essere disegnato.*

Ma in effetti quello che voleva aumentare le probabilità era lui stesso – la probabilità cioè di incontrare La Ragazza Col Cappello Da Fantino –, e perciò aveva iniziato a fissare più appuntamenti che poteva.

E in aggiunta, se erano le altre persone a decidere dove e quando farsi disegnare, questo lo avrebbe portato magari in angoli e strade dove da solo non sarebbe mai andato, perché lui altrimenti tendeva a tornare sempre alla Grand Central Station, dove aveva visto per la prima volta La Ragazza, o al Museo delle Scienze, posti in cui si sentiva tranquillo. E poi questa cosa degli appuntamenti lo costringeva a uscire per il progetto anche quando si sentiva sfiduciato o stanco. Il desiderio dei newyorkesi di farsi disegnare, pensava Jason, avrebbe rappresentato una forza che agiva insieme a tutte le altre, e più forze c'erano in campo più aumentavano le probabilità.

Ecco perché non aveva smesso di disegnare le persone procedendo anche a caso. Gli era capitato, per esempio, con lo scrittore Don DeLillo, perché l'aveva riconosciuto, e lo stesso con Marina Abramović, l'artista concettuale. Oppure, qualche volta, il suo sguardo veniva catturato da una persona che aveva un modo speciale di stare ferma. Da quando aveva visto La Ragazza, congelata per due minuti alla Grand Central Station, faceva moltissima attenzione al modo in cui le persone stanno ferme.

Josh Rubin si sistemò il colletto e buttò un occhio dall'altra parte del marciapiede. Anche questo lo facevano tutti, l'angolo opposto o il marciapiede di fronte. Si aspettavano che Jason si posizionasse lì e perciò lui non ci si metteva mai, talvolta costringendosi a scomode visioni diagonali. E comunque indossava quasi sempre degli occhiali scuri. Gli piaceva che non sapessero dove si trovava in quei due minuti, che non potessero individuarlo. Erano le regole, e in quella maniera nessuno di loro poteva mai essere sicuro di essere stato davvero visto da Jason. Almeno fino al giorno successivo o nel migliore dei casi alla sera stessa.

Una faccia piuttosto comune, coi capelli scuri e la riga da una parte. Le facce comuni ti mettevano alla prova. Se c'era una caratteristica – un naso storto, una calvizie precoce, una voglia di fragola sulla guancia – allora era semplice, partivi da quello. Ma con una faccia così dovevi fare attenzione all'espressione, e l'espressione di Josh Rubin davanti al Cool Hunting alle 18.54 del 10 febbraio 2010 era perplessa.

Tutti i newyorkesi. Gente comune e gente famosa, quelli che fissavano gli appuntamenti e quelli in cui si imbatteva per caso. Nessuna categoria poteva essere esclusa.

Certo, La Ragazza Col Cappello Da Fantino gli era sembrata bella, ma questo non c'entrava. Vederla di spalle. Una cosa strana, guardare le sue spalle per tutto quel tempo.

Gli aveva fatto crescere dentro una specie di commozione, come una nostalgia, e Jason non sapeva ancora spiegarsi perché. La Ragazza aveva cominciato a mancargli da subito, a mancargli senza essere mai stata nella sua vita, se non per quei due minuti, a qualche metro da lui. E lui aveva pensato, colpa delle spalle, che quando si guarda qualcuno di spalle è perché se ne sta andando, perché si allontana. Che le persone di spalle, anche se in apparenza stanno ferme hanno dentro la possibilità di andarsene e tu la senti subito la loro mancanza.

E poi il cappello.

Per tutto il tempo in cui erano rimasti congelati, il suo cappello da fantino era stato sul punto di cadere. Adesso, nel ricordo, a Jason sembrava che se fosse davvero caduto, l'intera performance di Improv Everywhere ne sarebbe risultata compromessa: il copricapo precipitava a terra con un tonfo sordo, che nell'immobilità carica di silenzio della stazione risuonava più forte e a quel punto tutti si voltavano, si muovevano, si scongelavano senza pensare che mancava ancora una manciata di secondi.

Ci si può innamorare per una cosa del genere?

L'unica persona con cui aveva provato a parlarne era stata Zadie. Lei lo guardava con quei suoi occhi sgranati e scuri e sorrideva e lui si sentiva bene. Non gli aveva mai chiesto come fosse possibile, non gli aveva mai detto che non c'era nessuna logica perché un ragazzo di trent'anni a un certo punto della propria vita si innamorasse di una sconosciuta, che non era una cosa matura né razionale. Zadie lo ascoltava invece, e ogni tanto lo interrompeva per parlargli della sua spedizione al Polo Sud. Il grado di realtà delle loro imprese non era molto diverso. E tuttavia Jason era convinto che prima o dopo l'avrebbe trovata, La Ragazza Col Cappello Da Fantino.

Ogni tanto immaginava come sarebbe stato vivere con lei. Chissà perché saltava tutta la parte del corteggiamento e andava subito a quando stavano già insieme e avevano una casa con le finestre grandi e lui disegnava mentre lei leggeva un libro, e c'era sempre moltissimo sole nelle scene che inventava per La Ragazza. Jason provava a sistemarla su una panchina di Union Square, intenta a tirare noccioline agli scoiattoli, o dentro un negozio di quelli dove vendono la stoffa dalle parti di TriBeCa, oppure la immaginava a sgranocchiare anatra laccata a Chinatown.

Le scene erano sempre senza parole. Come i suoi disegni. Jason non sapeva cosa si sarebbero detti, di cosa avrebbero parlato. Quello che sapeva è che avrebbero camminato moltissimo lungo tutte le strade di New York, l'avrebbe portata in ogni angolo, ogni incrocio, ogni posto in cui aveva disegnato qualcuno mentre la cercava. Anche dove stava adesso, di fronte al Cool Hunting.

Il ritratto di Josh Rubin sarebbe stato postato sulla pagina di Jason quella sera stessa con una specie di definizione, tipo *Josh Rubin al negozio sulla Quinta Strada* e poi la data.

Le definizioni potevano essere più o meno lunghe: *Uomo e donna che stanno dormendo sul treno*, oppure *Maira Kalman al McNally Jackson Bookstore su Prince Street* o *Uomo che gioca a ping-pong*, oppure *Bimbo che sta mangiando le patatine mentre aspetta che cominci Harry Potter allo Ziegfeld Theater.*

Don DeLillo alla Grand Central Station, *Marina Abramović sulla Grand Street*. I personaggi famosi avevano la tendenza a farsi ritrarre in posti dai nomi roboanti.

Tutto era cominciato al Museo delle Scienze, il primo posto dove la mamma lo aveva portato a New York. Il padre di Jason se n'era andato via a novembre e sua madre aveva deciso che non avrebbero trascorso il Natale a casa soltanto loro due, che sarebbe stata troppo dura per Jason e anche per lei. E allora erano partiti per New York. Non ci poteva essere un posto più illuminato e più pieno di gente di New York nel periodo natalizio, non ci poteva essere un posto più giusto per farsi passare la mancanza di qualcuno.

Jason se lo ricordava. Erano entrati nel museo e c'erano queste sale enormi, coi soffitti altissimi, e c'erano gli scheletri dei dinosauri e delle balene e la sequoia gigante delle foreste dell'Ontario, i cactus dell'Arizona e i ragni della foresta pluviale del Dzanga-Sangha, e lui e la mamma avevano camminato tutto il giorno, e poi, verso sera, quasi sfiniti erano arrivati nella sala delle pietre. C'erano soltanto loro due, l'odore intorno era di materiali da costruzione e polistirolo e vernice e ogni tanto sentivano provenire da oltre le pareti le voci di uno dei guardiani o il rumore di una lattina che cadeva nel distributore automatico. Si erano seduti sul divano senza braccioli, al centro, di fronte alle teche di cristallo e avevano letto insieme il nome di tutte le rocce esposte: l'agata, l'arsenopirite, lo zircone, l'ametista, l'ossidiana, il berillio, l'ortoclasio. Jason le aveva disegnate, e mano a mano che andava avanti, che riproduceva gli spigoli delle ametiste o anneriva i profili frastagliati dell'ardesia, si era sentito un po' più tranquillo, meno solo e meno triste. Lo scisto, l'arenaria, persino la sabbia aurifera. Tutto poteva essere disegnato e catalogato. Sembrava che esistesse un ordine, una possibilità di mettere a posto le cose sistemandole in categorie precise.

E così, dal momento che La Ragazza Col Cappello Da Fantino apparteneva alla categoria *persone che si possono incontrare a New York*, Jason aveva cominciato quella specie di progetto.

Sapeva che la cosa sarebbe potuta andare avanti per anni, occupare buona parte della sua vita.

Se solo lei gli avesse scritto. Questa volta l'avrebbe raggiunta e le avrebbe parlato e le avrebbe detto che erano due anni che disegnava tutte le persone che c'erano a New York per ritrovarla.

Il suo progetto per ritrovarla.

Magnetismo terrestre

La squadra formata da me e dalla signora Lorna Roth, cioè mia zia, è uscita stamani verso le sette dagli alloggi. Ha percorso direzione sud-sud est la Settima finché all'orizzonte, parzialmente nascosta da una lunga fila di automobili, è comparsa la scuola. A quel punto i membri della squadra si sono dovuti separare. I membri della squadra fanno questo diverse volte al giorno. Si ritrovano e si separano. Talvolta separarsi risulta un po' difficile, ma i membri della squadra cercano di non darlo a vedere. Il morale è tutto, ed è importante tenerlo sempre alto.

Mai disperare. Mai pensare di aver fatto tutto il possibile. Mai arrendersi, dice il *Manuale*.

Che la direzione fosse sud-sud est l'ho potuto stabilire al ritorno grazie all'acquisto che ho fatto dopo le lezioni. La bussola in effetti è costata molto meno del previsto, soltanto 4 dollari, e io ho pensato, forse non è uno strumento precisissimo, ma i giri che l'ago compie quando svolto un angolo o cambio direzione di marcia dimostrano senza alcun dubbio che è sensibile al magnetismo terrestre.

A Manhattan il magnetismo terrestre non dovrebbe

essere disturbato come invece potrebbe accadere durante la spedizione, ma di questo mi occuperò in seguito.

Col resto della paga di mia zia ho comprato il coltello. Il tipo del negozio non me lo voleva vendere, ma gli ho detto che sono una girl scout e lui lì per lì non sapeva cosa fosse, e allora gli ho detto, tipo le femmine dei boy scout, e allora ha detto, ah sì, ho capito, e mi ha venduto il coltello.

È un coltello da sopravvivenza, ovviamente. La confezione comprende: pastiglie potabilizzanti per l'acqua, attrezzi per la pesca, fiammiferi al fosforo antivento-antiumido, anche se io ne avevo già preparato una scatola ricoprendo le capocchie con lo smalto della zia come c'è scritto nel *Manuale*. Poi sega, altimetro, arpione, lancia, specchio di segnalazione, lente, martello, cesoia, tagliafili, cacciavite, pietra per affilare, ago e filo per cucire, barra al magnesio per accendere il fuoco, alfabeto Morse, codice internazionale di segnalazione terra-aria.

Il tipo ha detto, ma davvero le girl scout hanno bisogno di un coltello così professionale? E io ho detto, sì, dobbiamo sopravvivere, e lui ha risposto, certo certo.

E io ho detto, ma tutto sta nel controllare la paura. *Paura del dolore, dell'ignoto e della propria inadeguatezza*, e lui ha fatto di sì con la testa e mi ha dato il resto.

Nel pomeriggio, Lorna Roth ha abbandonato la base per raggiungere il suo posto di lavoro. A quel punto ho aspettato un po', più o meno fino alle sette di sera, che poi sarebbe pochi minuti fa, e ho bussato contro la parete. Jason non ha risposto, segno che non è in casa e io devo ancora aspettare. Il progetto di Jason è davvero molto romantico e difficile.

Oggi ho fatto gli addominali e ho mangiato per merenda soltanto due gallette. Il mio peso è stabile. Certe volte mi viene da domandarmi se un giorno qualcuno farà per me una cosa del genere, se disegnerà tutti gli abitanti di New York per cercarmi. Penso che sarebbe bello. Essere cercati in quel modo, voglio dire.

Io a quell'ora però dovrei avere già raggiunto il Polo Sud.

Zadie chiuse il diario e tornò a guardare la cartina di Central Park.

Aveva l'aria di un campo da tennis. Ti immaginavi tipi in calzoncini che facevano pallonetti, ti immaginavi le Dunlop gialle e appena pelose che andavano da un'estremità all'altra. Insomma niente a che fare con gli orli sfrangiati che hanno di solito le regioni da esplorare. La Terra della regina Maud, i Monti Transantartici, la Banchisa di Ross e le Isole Orcadi Australi: bastavano i nomi e già ti sembrava di avanzare nel silenzio perfetto di una terra incantata.

Si sforzò di trovare qualcosa di simile tra i toponimi di Central Park, ma ebbe un momento di sconforto quando nel rettangolo verde acido scorse il Conservatory Water: sembrava più che altro un recipiente ermetico, come i Tupperware utilizzati dalla zia con entusiastica efficienza al ristorante.

O ancora lo Strawberry Fields o l'Honey Locust: tutto virava verso una visione ameno-dolciaria della natura, lontanissima dalle linee tratteggiate tra cui la nave di Shackleton era rimasta imprigionata.

Zadie andò alla finestra. La neve era mista a pioggia e non riusciva ad attaccare. Si fermava sul davanzale e quasi subito si scioglieva. In effetti, sembrava abbastanza improbabile che succedesse davvero quello che aveva previsto la signora Polan. Restò per un po' di fronte ai vetri. Il locale della zia distava pochissimo da casa. Si trovava sulla Lexington appena prima della Settantaquattresima. Se Zadie fosse uscita ci avrebbe impiegato meno di cinque minuti ad arrivarci, ma la zia non aveva piacere che lei stesse al ristorante.

Non è un posto per bambini, diceva, e magari aveva anche ragione. Philippe Bertineau sigillava i pasticcini dentro sfere di vetro che poi appendeva con fili di nylon in vetrina e sui bambini queste cose non hanno nessun impatto. Non si capiva cosa volesse dimostrare con tutta quella messinscena. Alla fine sembravano dolci alieni e avevi soltanto paura che se li assaggiavi potevi trasformarti in qualcosa di terribile.

Quando il papà e la mamma c'erano ancora Zadie si ricordava che andavano insieme ai grandi magazzini oppure nel parco e se pioveva preparavano un dolce per la cena, che per niente al mondo avrebbero sigillato dentro una bolla di plastica. La mamma aveva una tavola di legno e un mattarello comprati in un negozio italiano. Sistemavano la farina al centro della tavola e poi lei rompeva le uova. Dovevi batterle sul bordo di legno, un paio di volte, e quando ti accorgevi che si erano rotte ci infilavi le dita e sentivi una specie di freddo, che era l'albume, e un freddo ancora più intenso, che era il tuorlo. Ecco, quando toccavi il tuorlo alla cieca mentre ancora il guscio non si era aperto del tutto, era bellissimo. O almeno questo era ciò che pensava Zadie, e poi lo facevi scivolare nella farina e impastavi. Si formavano dei piccoli grumi che ti si attaccavano alle dita, e poi stendevi la pasta. C'erano delle forme per ritagliare i biscotti e degli stampi di rame per dolci. E poi la mamma scioglieva la colla di pesce, che erano delle tavolette di un colore caramellato e appena trasparente, un ingrediente misterioso che Zadie si sforzava ogni volta di collegare ai pesci, e infine grattugiava la scorza di limone per fare la crema e dappertutto c'era odore di zucchero e cannella.

Ora invece le servivano una torcia, cerotti, alcool canforato per i dolori muscolari. Cinque scatole di gallette.

Strawberry Fields o l'Honey Locust. Zadie sollevò le spalle e tornò a studiare il percorso. Sarebbe penetrata più o meno all'altezza della Sessantacinquesima e da lì avrebbe proseguito fino al Lasker Pool. Vabbe'. Quando la neve avesse cominciato a cadere sul serio e il vento a tirare come aveva previsto la signora Polan, i nomi si sarebbero rivelati molto meno importanti.

La distesa ghiacciata che si mangiava i viottoli, che cancellava il celeste piscina dei laghetti, che appianava i monti e gli avvallamenti. Il ghiaccio avrebbe ricoperto persino i nomi, e a quel punto, proprio come gli esploratori, lei avrebbe avuto un territorio incontaminato da battezzare come meglio credeva.

Aprì il mobiletto sopra il lavabo, prese il pacco da cinquecento grammi e cominciò a far cadere su Central Park una fitta tormenta di farina tipo 0.

La Terra della regina Zadie, le Isole della Ragazza Misteriosa, la Banchisa di Jason.

La struttura della mancanza

Dopo due giorni, Alice si sentiva ancora un po' frastornata per il fuso orario, e al momento questo le impediva di afferrare il senso della scena che si trovò di fronte appena sveglia: in cucina c'era Doug che imprecava in inglese, c'era una torta con la panna e c'erano gli indiani che brandivano asce o lanciavano frecce.

Alla fine non aveva avuto bisogno di gonfiare nessun giubbotto salvagente né di farsi mettere sulla bocca la mascherina dell'ossigeno dal suo vicino di posto. L'aereo era atterrato in modo perfetto. In aeroporto Alice aveva lasciato le sue impronte, appoggiato l'occhio su un dispositivo a infrarossi, e poi era salita su un taxi, ma per tutto il tempo aveva continuato a sentirsi sola.

Poi finalmente era arrivata nel Lower East Side. Quando Doug e Filippo si erano trasferiti a Manhattan, avevano scelto quella zona perché c'erano i barbieri con gli orologi alle pareti e i negozi che vendevano i barattoli di cetrioli e perché Filippo adorava trascorrere le sue mattine libere al mercato coperto di Essex Street. Alice aveva pagato la corsa e si era precipitata su per le scale fino al loro appartamento, e quando le avevano aperto, lei senza dire una parola si era appoggiata al petto di Doug, mentre Filippo si avvicinava e la stringeva, e in quel duplice abbraccio, finalmente si era sentita di nuovo abbastanza bene.

Il primo giorno a New York aveva gironzolato un po', poi era andata a letto molto presto, e adesso, in cucina, stava cercando di capire quale fosse di preciso il problema di Doug con gli indiani.

«Il fatto è che quando li metti nella panna, scivolano. Non fanno presa sullo strato soffice. Oddio, credo che dopotutto sia abbastanza normale, dal momento che sono fatti più per le praterie, i deserti o roba del genere. Insomma, capisci? Dovrebbero stare tutti alla medesima distanza e dritti.»

«Forse hai fatto una torta troppo piccola.»

«È stato piuttosto difficile, sai? Nei negozi hanno ogni genere di soldato in miniatura, fuorché i sioux. Probabilmente perché hanno perso con i cowboy.»

«O magari perché è piuttosto singolare riempire una torta di indiani, che dici?»

«E però devi ammettere che l'effetto finale è potente.»

«Potente. Sì, direi di sì. Quanti sono?»

«Dieci, ovviamente. E hanno tutti una piccola faccia diversa. Guardali. Non hai idea di quanto ci ho impiegato per trovarli.»

«Ma perché?»

La risposta era arrivata subito dopo, quando Filippo entrando in cucina e vedendoli, aveva sorriso e poi aveva iniziato a recitare: «La signora Rogers nel sonno, il generale Macarthur in riva al mare, Anthony perché beve troppo in fretta...».

«Cos'è?»

«I *Dieci piccoli indiani*. Agatha Christie. Filippo conosce a memoria tutti i modi in cui muoiono.»

«...il maggiordomo con un'accettata in testa...»
«Be', che pensi? Glielo diciamo, Fil?»
«Che cosa mi dovete dire?»
«Il motivo per cui ti abbiamo fatto venire.»
«Credevo fosse la bistecca del Gallagher.»
«Sì, infatti, andremo lì. Dopo.»
«Dopo cosa?»
«Ci sposiamo.»
«Come?»
«Sono dieci anni che stiamo insieme. Per questo ho fatto la torta e ci ho messo i dieci piccoli indiani e per questo abbiamo deciso di sposarci e di farti venire qui.»
«Vorremmo che tu ci facessi da testimone.»
«Vero che accetti?»
«Per favore, per favore, vero che accetti?»
Il fatto era che al centro del tavolo c'era questa torta con la panna e i sioux che stavano intorno con le piume in testa e le lance e le frecce, insomma la tipica dotazione da sioux, e Alice continuava a pensare che erano davvero tutti diversi tra loro, come aveva detto Doug, anche soltanto per il colore dei pantaloni o per il modo in cui brandivano l'ascia o per l'espressione del viso, e ognuno aveva una faccia talmente piccola che era difficile distinguere il sorriso o l'aria corrucciata e perciò si immaginava Doug che andava di negozio in negozio, col freddo e la neve di quei giorni, e impiegava un'infinità di tempo a trovarli e poi a sceglierli e infine a controllare i loro minuscoli lineamenti.

Su una torta da mangiare a colazione, dieci indiani, uno per ogni anno che avevano passato insieme, e Alice pensò che doveva essere fantastico se Doug gli anni con Filippo li vedeva così, tutti assolutamente diversi tra loro.

E adesso si sarebbero sposati e perciò certo, certo che accettava di fare la testimone, ma non riusciva ad arginare la voglia di piangere, mentre Filippo elencava di nuovo la sequenza di Agatha Christie: il maggiordomo con un'accettata in testa, Macarthur in riva al mare, la signora Rogers nel sonno, Anthony che beve troppo in fretta...

«Ehi, ma che c'è?»

«Niente, niente. È solo che mi sono un po' emozionata. Sono felicissima per voi. Siete... radiosi. Quando vi guardo, sembra tutto così facile. Sì, voglio dire, conoscersi, innamorarsi, stare insieme sapendo che la persona che hai accanto è proprio quella che hai sempre desiderato. Insomma sapendolo ogni giorno, ecco.»

Alice aveva letto su Google che qualcuno si era inventato una formula. L'aveva chiamata Formula Matematica Per L'Amore e si trattava di una roba tipo $A = G\ t^2/s^2$, dove G stava per la forza di attrazione gravitazionale con cui un corpo attrae un altro. Praticamente l'amore, secondo la formula, era uguale alla gravità per l'energia, e l'energia era misurabile nel rapporto tra il tempo e lo spazio che uno dedicava all'altro.

Alice cominciava a credere che si trattasse proprio di quello: Doug aveva girato tutta New York per trovare quegli indiani e ci aveva impiegato un sacco di tempo e aveva percorso moltissimo spazio, ed era chiaro che tra Filippo e Doug c'era una potentissima forza di attrazione gravitazionale.

«Ehi, ma adesso smettila di piangere. Nessuno ha mai pianto per i *Dieci piccoli indiani*.»

«Forza, cominciamo, ci sono un sacco di cose buone.»

La colazione, oltre alla torta, prevedeva fette biscottate, cornetti, marmellata, uova strapazzate col bacon, caffè nero, latte normale e in tubetto da spremere, burro di noccioline e yogurt greco. Filippo e Doug probabilmente si erano svegliati all'alba per prepararle tutte quelle cose. Avevano sempre avuto per Alice lo straordinario potere di trasformare ogni momento in un momento speciale, come se per loro la vita fosse un marchingegno da smontare, rimontare e provare per capirne tutte le possibilità e i modi di funzionare.

Andavano a teatro, a cena fuori, in giro per mostre, si iscrivevano a corsi di pittura e di cucina, oppure trascorrevano la serata in casa e ridipingevano le pareti del bagno di un colore diverso, si costruivano una nuova libreria per lo studio, ristrutturavano vecchi mobili, e se Filippo adorava correre in Central Park indossando elegantissimi completi da runner giallo sole, Doug lo aspettava sdraiato sotto un albero immerso nel catalogo di qualche pittore che amava, tipo Warhol, Hopper, o Lichtenstein; e quando Doug metteva a posto le fotografie negli album, Filippo nel frattempo gli scaricava le sue serie tv preferite. Erano affiatati, complici, curiosi e vitali, e dopo un po' che stavi con loro sembrava che la speciale energia che possedevano arrivasse anche a te, finisse in qualche modo per contagiarti.

Alice li aveva conosciuti quando abitavano ancora in Italia perché Doug era stato suo collega alla casa di doppiaggio di Robi Rosi, traduceva dall'inglese e dal francese e adattava anche lui i dialoghi. Poi tramite un amico era riuscito a fare un colloquio per la sede di Manhattan della Walt Disney ed era diventato Imagineer al 1450 della Broadway.

Filippo non ci aveva pensato su un attimo e lo aveva seguito e adesso lavorava in uno studio dentistico di Chelsea per due giorni alla settimana, dedicando il resto del tempo a scrivere romanzi gialli in cui c'erano molte vittime ed era difficilissimo scoprire il colpevole.

Alice si sedette alla penisola della cucina, spalmò il burro su una fetta biscottata e si versò il caffè, poi prese il piatto e fece per servirsi un po' di uovo, ma appena sollevò il coperchio della casseruola l'odore la investì e lei si sentì afferrare di nuovo dalla nausea, questa volta così forte che dovette restare un momento immobile cercando di respirare piano, mentre la fronte le si imperlava di un sudore ghiacciato e le girava la testa. Forse si trattava di un virus, forse per lo stress degli ultimi giorni le si erano abbassate le difese immunitarie.

«Che c'è, Alice?»

«Stai bene?»

«Sì, bene. Tutto bene.»

Stette seduta così per un po', cercando di calmarsi e di vedere se le passava.

«Vi dispiace se la torta la assaggio più tardi? E anche il resto. Non ho tanta fame.»

«Non preoccuparti, l'importante è che tu stia bene.»

Lei fece di sì con la testa, ma i dieci piccoli indiani sembravano fissarla confusi.

Jason poteva ricevere anche una cinquantina di messaggi al giorno, che lui apriva sempre in ordine cronologico. Sul sito raccomandava alle persone di scrivergli con almeno una settimana di anticipo rispetto al giorno dell'appuntamento, in modo da avere il tempo per organizzarsi.

Invece, quel mattino, quando si era seduto alla scrivania per postare il ritratto di Josh Rubin, dalle casse del pc era partito il segnale acustico che annuncia una mail in arrivo, e il pensiero che lui e la persona che lo stava contattando si trovassero connessi proprio nello stesso istante, magari ai due estremi della città, aveva indotto Jason a vedere di cosa si trattava. E a quel punto l'oggetto del messaggio l'aveva inchiodato.

Ritratto di ragazza con cappello.

Jason si era sentito il sangue dentro le vene, si era sentito i nervi sotto la pelle e il freddo e il caldo lo avevano attraversato in fretta e qualcosa aveva preso a pulsare fortissimo dentro di lui, il cuore o il respiro o tutti e due.

Ritratto di ragazza con cappello.

Oddio, aveva pensato.

Quella mail doveva leggerla, leggerla subito. Niente procedure, al diavolo le procedure.

Aveva spostato la freccetta del mouse e gli era parso che la freccetta ad attraversare lo schermo ci mettesse un tempo interminabile e quando alla fine era arrivata sulla busta, e lui aveva cliccato due volte, per un po' aveva continuato a non succedere niente. E Jason si era domandato se potesse accadere. Se potesse capitare che una bustina non si aprisse e basta. Ed era rimasto così a fissare il video terrorizzato, finché c'era stata quella specie di espansione bianca e il messaggio gli era apparso di fronte agli occhi.

Breve e incontestabile.

Flower7.

Strano perché di solito quelli che gli domandavano di essere disegnati, poi volevano essere postati sulla pagina con nome e cognome, mentre la ragazza che gli aveva scritto si era limitata a lasciare il nickname. Ma ancora più strano era che questa Flower7 gli desse un appuntamento per il pomeriggio stesso. Il che significava che se non avesse infranto le proprie regole, mai e poi mai Jason sarebbe potuto andare a quell'appuntamento.

Allora ci conto. All'angolo tra la Quarantatreesima e la Terza, alle quindici e trenta. Per favore Jason, disegnami. Ci tengo da morire. Mi riconoscerai facilmente perché indosserò un basco rosso.

«Ritratto di ragazza con cappello.»

Jason prese a bussare ritmicamente sulla parete. Tra meno di un'ora Zadie doveva andare a scuola e la signora Lorna Roth non le avrebbe permesso per nessuna ragione al mondo di andare da lui, ma la ragazzina avrebbe decifrato la sequenza dei colpi e alla fine in un modo o nell'altro sarebbe venuta.

Era stata una delle prime cose che Zadie gli aveva insegnato. Tre punti. Tre linee. Tre punti.

«Cos'è?»

«Sos. E non serve nemmeno un apparecchio per le trasmissioni, i segnali Morse li puoi fare con il clacson o con la luce. Io lo faccio con le luci, ma quello che abita di fronte non capisce. Sta lì, mi guarda dalla finestra e non interviene. E dovrebbe, perché io chiedo aiuto e lui non sa che è solo una prova.»

Tre punti. Tre linee. Tre punti.

Tre punti. Tre linee. Tre punti.

Tre punti. Tre linee. Tre punti.

Jason continuò a battere finché Zadie non spuntò nel vano della porta. «Se volevi fare un'esercitazione potevi scegliere un altro momento. Mia zia è una furia.»

«Nessuna esercitazione. Guarda. È lei. Insomma, forse.»

La ragazzina si avvicinò al pc gettando brevi occhiate alla porta come se temesse da un momento all'altro di vedere sbucare Lorna Roth. Si piegò sullo schermo e lesse sottovoce la mail di Flower7, muovendo appena le labbra. Poi sorrise.

«Ha il cappello» disse.

«Infatti.»

«Oddio, Jason, e se questa volta è lei davvero?»

«Ho disegnato i popcorn tutto il giorno ieri, quindi potrebbe, voglio dire, potrebbe sul serio essere lei.»

«Scusa, mi sfugge il collegamento...»

«Tu lo dici sempre. Dici che faccio così quando sono giù. Che in me lo sconforto prende la forma di nuove serie grafiche. Borse false, giraffe, pistole ad acqua: è lo sconforto.»

«E quindi?»

«E quindi significa che ero sul punto di mollare.»

«E quindi?»

«E quindi... Niente, hai ragione, i popcorn non c'entrano.»

Zadie si sedette per terra. «Ciò non toglie che potrebbe essere lei.»

«Lo pensi sul serio?»

«Non ci sono molte persone che portano il cappello. Cioè, sì, ma non cappelli strani come i baschi o quelli da fantino. La tua ragazza invece porta cappelli strani.»

«Non è ancora la mia ragazza, in effetti.»

«Lo diventerà. Basta che le spieghi cosa hai fatto per lei e da quanto tempo la stai cercando. Portati dietro i tuoi schizzi.»

Zadie si allungò verso la ciotola dei popcorn e ne afferrò una manciata.

«Giù le mani.»

«Avevi detto che li avremmo mangiati.»

«Magari ti mangi proprio le esplosioni più belle, è un rischio che non possiamo correre.»

«Sei agitato.»

«No, non sono agitato.»

«Sei terribilmente agitato.»

«Ok, sono terribilmente agitato. Oh, insomma Zadie, e se è lei, se è lei davvero? Se io vado là, arrivo all'appuntamento e dall'altra parte dell'angolo c'è davvero La Ragazza Col Cappello Da Fantino? Ed è stranissimo adesso, Zadie, perché lo voglio da morire e però una parte di me anche no. E non so perché sta succedendo.»

Da quando Jason aveva letto la mail non aveva smesso un solo momento di pensarci. Di pensare a come sarebbe andata, a cosa avrebbe dovuto dirle, tipo, ciao, sai io ti cerco da un paio di anni tutti i giorni su e giù per Manhattan perché ti ho visto alla Central Station. Eri congelata da Charlie Todd e il modo in cui eri congelata, insomma, mi è sembrato fantastico, ecco, e ti voglio sposare. No, era semplicemente assurdo, non poteva funzionare, non avrebbe funzionato. Tutto il piano adesso – adesso che sembrava così vicino alla conclusione – appariva assurdo.

Una volta Jason aveva letto un articolo. Parlava di un tale, Wilson Bentley, un artista che negli anni Venti in Vermont fotografava fiocchi di neve su sfondo scuro. 5.381 fiocchi di neve. E questo Bentley aveva scoperto che i fiocchi di neve quando si formano sono tutti uguali, ma quando poi cadono e si posano per terra sono uno diverso dall'altro, perché diversa è stata la loro vita di turbolenze e umidità.

E poi gli venne in mente, se fossi un fiocco di neve come sarei e come sarebbe Zadie? Quale forma prenderebbero i nostri cristalli per via delle turbolenze e dell'umidità? Pensò alla Ragazza Col Cappello e pensò, se tu fossi neve… A quel punto Zadie si avvicinò e l'immagine del fiocco di neve svanì senza rumore.

«Ha un'aria perplessa» disse Zadie.

Stava guardando il disegno di Josh Rubin che Jason aveva appena finito di postare nella sua pagina.

«Guarda Jason, comincia a nevicare forte.»

Zadie andò accanto alla finestra. Fuori i fiocchi contro il cielo buio sembravano risplendere di luce propria, erano bianchissimi e veloci.

«Si sta alzando anche il vento. Magari chiudono la scuola…»

Le avrebbe detto, ciao, senti, c'è tutta una serie di disegni che ho fatto per te, 8.342 per la precisione, e così magari se hai un po' di tempo io te li potrei fare vedere.

«Ci serve un aggiornamento sulla situazione climatica, Jason. Dobbiamo telefonare a tua madre, aveva detto due o tre giorni e invece forse le cose stanno precipitando.»

Tu sei nella categoria *tutti quelli di cui Jason è innamorato*, e in effetti nella categoria c'è un solo elemento.

«Dobbiamo capire se rimarremo bloccati o se… dov'è che ti ha detto di andare questa Flower7?»

«Come?»

«Flower7. Dov'è che la devi incontrare?»

«Tra la Quarantatreesima e la Terza.»

«Ok, non è lontano da qui, non tanto insomma. Ce la farai lo stesso, Jason, anche se nevica. È vero che da quella parte c'è il fiume e di solito sul fiume, dice la signora Polan, c'è sempre qualche grado in meno e le raffiche sono più forti…»

«Controlla la neve, Zadie. Dimmi cosa sta facendo.»

«La neve…»
«Be'?»
«Cade, Jason.»

Dopo che Filippo e Doug erano usciti per andare al lavoro, Alice aveva messo a posto la cucina e disfatto la valigia. Sentendosi ancora un po' stanca aveva pensato che non c'era alcun bisogno di uscire subito, e perciò si era distesa sul divano con gli occhi chiusi. Quando li aveva riaperti aveva controllato l'orologio e si era accorta di essere in ritardo.

Era tutto su internet. Le immagini, le istruzioni, e lei ci aveva pensato subito, appena si era decisa a partire. Sapeva dove voleva andare quel pomeriggio.

Si vestì buttandosi più o meno addosso le prime cose che trovava, probabilmente troppo poche in rapporto al freddo che minacciava di esserci fuori, ma mentre si vestiva non stava pensando al freddo, stava pensando solo che voleva uscire e voleva fare una dietro l'altra unicamente cose belle, cose che la facessero sentire bene e felice perché era moltissimo tempo che non si sentiva più così, e perché nessuno ha mai pianto per i *Dieci piccoli indiani* di Agatha Christie, Filippo aveva ragione. Fece le scale di corsa annodandosi la sciarpa e calcandosi per bene il cappello sulla fronte, e fu solo sul marciapiede che si rese conto di quanta neve fosse caduta durante la notte. Si domandò se nelle sue condizioni non fosse più prudente tornarsene a casa e lasciar perdere. Sentiva le gambe deboli, la nausea non le era passata del tutto e la testa continuava a girarle. Guardò di nuovo l'orologio, le due e mezza. Al diavolo, disse.

Tutto era stato inghiottito dalla foschia. Le strade erano deserte e il chiarore si condensava oltre gli ultimi grattacieli in una specie di alone opalescente. Intorno a Jason, le vetrine, i vicoli e i marciapiedi erano sprofondati in una penombra umida e fredda.

La neve continuava a cadere con un andamento identico, che non era mai diventato più forte e neppure si era interrotto. Faceva effetto quella regolarità, perché ti veniva da credere che non avrebbe mai smesso e che forse non c'era mai stato un periodo precedente in cui non stava nevicando.

Gli idranti, i distributori di giornali e i parchimetri erano già completamente sommersi e sui camion arrivavano gli uomini vestiti di rosso per pulire le strade. A Jason piaceva guardarli. Ogni volta che c'era un qualche tipo di emergenza, gli piaceva pensare a tutte le persone il cui lavoro consisteva esattamente in quello, trarti in salvo.

Mentre aspettava che arrivasse l'ora dell'appuntamento si era fermato in un bar, aveva ordinato frittelle e sciroppo d'acero, un cappuccino e una porzione di salsicce. Aveva trascorso buona parte del tempo a fissare il tipo di disegni che lo sciroppo tracciava sulla frittella a seconda del grado di pendenza che lui dava al bricco e aveva pensato che magari un giorno avrebbe potuto fare una nuova serie: tutte le possibilità grafiche dello sciroppo d'acero. Si sentiva nervoso e forse non del tutto pronto. Aveva provato tra sé mille attacchi diversi. Aveva pensato a cosa dirle, ma era talmente abituato a fantasticare su di lei che subito la sua mente saltava i passaggi e lui tornava a vederla al Washington Square Park a tirare le noccioline agli scoiattoli dove l'aveva fatta sedere tante volte.

Era come se dentro di lui ci fosse sempre stato uno spazio fatto a forma di Ragazza Col Cappello Da Fantino, proprio come nel polistirolo quando compri un oggetto imballato, che c'è la forma della caffettiera o della tazza o delle uova. Ecco, la stessa cosa.

Mancavano ancora trentacinque minuti all'appuntamento e Jason non ne poteva più. Le gambe gli frizzavano e non riusciva a stare fermo sulla sedia. Tirò fuori il blocchetto e si guardò intorno. Nel successivo quarto d'ora disegnò la cameriera che portava due caffè, una signora che leggeva il New York Times e sbocconcellava una torta al ribes, un ragazzo che costruiva aeroplani coi tovagliolini di carta del distributore, poi alla fine uscì e si incamminò verso uno degli 8.112 angoli di Manhattan.

Jason riusciva quasi a vederli. Un reticolo di quadrati, e i tunnel della metropolitana che ci passano sotto, e la rete fognaria, e un'infinità di cavi elettrici, fili e fibre ottiche. C'erano migliaia di punti, sopra e sotto, dove si potevano incontrare due impulsi o due correnti o due persone. Una possibilità su 8.112.

Non sarebbe arrivata.

Erano già le quindici e ventinove e lei non stava arrivando, e questo poteva significare soltanto una cosa, perché di solito erano sempre in anticipo, si dovevano sistemare, si prendevano un po' di tempo, lo facevano tutti, lo aveva fatto anche Josh Rubin.

Jason non riusciva quasi più a tenere il blocchetto dal freddo che faceva. Quando disegnava doveva per forza utilizzare guanti senza dita, perché altrimenti non aveva una presa sufficientemente ferma sulla penna. Si sentiva le mani intorpidite. Le mosse un po', chiuse e aprì il pugno un paio di volte. Le quindici e trenta, e l'angolo era vuoto. Cioè, non proprio vuoto, ma senza Flower7. La neve cadeva più forte e stava diminuendo la visibilità.

Lo sai che le distanze sembrano più brevi sopra distese uniformi di neve?

Poi Zadie gli aveva elencato tutti gli altri casi in cui le distanze possono sembrare più brevi.

Con il sole alle spalle.

Con il vento.

Quando lo sfondo è chiaro.

Quando ci si trova in uno stato emotivo.

Jason le aveva chiesto cosa intendesse esattamente il *Manuale* per stato emotivo.

E Zadie aveva detto quando sei triste, o felice, o preoccupato, o hai paura. Ecco, adesso Jason era sicuro di trovarsi in uno stato emotivo, e allora forse le distanze sembravano più brevi, e in quelle distanze così brevi intorno a lui non si vedeva arrivare nessuno con un cappello rosso. E la neve di certo non aiutava. Gli sembrava di essere imprigionato nel cotone, tutto succedeva in differita, quasi ci fosse uno scarto tra i movimenti delle cose e il momento in cui lui li percepiva.

Poi, a un tratto, da dietro un angolo spuntò una ragazza. Aveva un cappello e camminava veloce come se fosse in ritardo.

Zadie osserva una fenditura del ghiaccio

Tre e mezza del pomeriggio. Temperatura esterna di 3°, interna negli alloggi di 19°, cosa che ha permesso alla squadra di levarsi gli indumenti bagnati. Il tempo sta peggiorando e da ieri sera non ha mai smesso un momento di nevicare. Per questa ragione, tornando dalla scuola, la squadra ha constatato che il cammino è a tratti scivoloso o persino impervio. Agli incroci, vicino ai marciapiedi, si formano grosse pozze d'acqua non sempre facili da superare. L'area di turbolenza avanza e c'è ragione di credere che nei giorni a venire le condizioni dei ghiacci potrebbero peggiorare.

Rientrando abbiamo avvistato qualche esemplare di scoiattolo dietro alla recinzione del parco. Siamo passati apposta, allungando appena il nostro tragitto, lungo la Central Park West per avere una prima ricognizione delle zone che domani dovremo esplorare.

Scoiattoli e corvi. Cercano da mangiare. Nessun altro animale, ma non siamo riusciti a vedere da fuori la zona dei laghi. Nella zona dei laghi è probabile che si possano incontrare altre specie di uccelli. Anatre soprattutto, ma anche gabbiani.

Gli alberi sono ricoperti completamente di neve e ogni tanto si sentono dei tonfi quando all'improvviso cade tutta insieme dai rami, cosa a cui la squadra nel cammino dovrà prestare attenzione.

Ci sentiamo pronti. Il nostro fisico è in ottime condizioni. Siamo arrivati a 4 serie da 40 addominali e le gambe sono tese e toniche per affrontare la marcia.

Oggi a pranzo abbiamo mangiato un hamburger con piselli e carote, e stasera e domani domanderemo alla zia di cucinarci altre pietanze proteiche per affrontare l'impresa con il massimo delle energie.

In questo momento sento tutto l'impegno che mi spinge a fare del mio meglio in nome della spedizione.

Le severe condizioni imposte dalla natura richiedono all'organismo un notevole adattamento, dice il *Manuale*.

Ho pensato che porterò con me anche la digitale. Mi piacerebbe farmi delle foto come quelle degli esploratori. Ne ho trovata una ad esempio che mi piace molto.

C'è Shackleton davanti al ghiaccio. L'Endurance, la sua nave, quando il fotografo Frank Hurley gli ha fatto la foto, doveva già essere imprigionata nella banchisa. La didascalia dice: *Shackleton osserva una spaccatura nel pack*.

Non so perché mi piace così tanto. Forse perché sembra che lui, il capitano, non si sia accorto che qualcuno gli stava facendo una foto. È di profilo e abbastanza lontano dall'obiettivo. Sembra così solo in mezzo a tutto quel ghiaccio. Solo e pensieroso. In effetti poteva pensare qualsiasi cosa in quel momento, ma io credo che pensasse proprio al ghiaccio. Al modo in cui si spaccava, si apriva e si richiudeva. Al ghiaccio in rapporto a lui.

Poi ce n'è un'altra, Shackleton ha una specie di bastone e lo appoggia per terra, in effetti sembra che lo stia piantando nella neve per vedere la profondità. E la didascalia dice: *Shackleton osserva una frattura nel ghiaccio.*

Insomma doveva passarci un sacco di tempo a guardare il ghiaccio, Shackleton. E allora anch'io lo faccio in questi giorni. Credo che sia importante concentrarsi sul ghiaccio. Molto importante. E domani mi farò qualche foto e poi quando torno ci scrivo sotto: *Zadie osserva una frattura nel ghiaccio, Zadie osserva una spaccatura, Zadie osserva una fenditura.* In effetti non so se esiste proprio una differenza tra spaccatura, fenditura e frattura, ma il mio libro fa questa distinzione e così la farò anch'io.

Le foto delle spedizioni sono tutte bellissime. Le creste di pressione, gli uomini al lavoro sul pack, la partita di calcio, il concerto con il grammofono, la cena per il compleanno di Scott, le casse della ditta Colman appena scaricate.

Ce n'è soltanto una che non mi piace. No, non è che non mi piace, mi fa paura. L'ho vista solo una volta. È in fondo al libro. E io non ci sono più andata a quella pagina, mai più. Ma non è servito a molto, perché ogni tanto ci ripenso e mi sembra di avercela sempre davanti quella foto.

È quando Scott è arrivato a destinazione e ha trovato la tenda di Amundsen, l'esploratore che l'aveva preceduto, che era arrivato primo al Polo Sud e aveva vinto la gara. Non mi piace perché è una foto disordinata.

Non so come spiegarlo. Gli uomini neanche fissano l'obiettivo. Oates resta in fondo, come se passasse di lì per caso, e sta armeggiando con i suoi guanti. Si vede che non gli importa niente di essere arrivato, ha solo il problema dei guanti. Scott, il capitano, resta in disparte, proprio sul bordo, dove l'immagine sta per finire, e sembra come quelle cose che entrano nelle foto per sbaglio. Che so, una macchina che passa, una borsa, un cappello, una sedia che qualcuno si è dimenticato di spostare. Ecco come sembra Scott. Sembra che prima della foto si siano scordati di toglierlo e così c'è finito dentro.

E poi c'è Wilson che sta davanti alla tenda lasciata da Amundsen, si ferma un attimo, giusto il tempo dello scatto, ma sta già pensando a cosa potrebbe trovare nella canadese. Soltanto il marinaio Evans è in primo piano. Solo lui sembra essersi messo in posa, ma questo è ancora più triste. Evans sarà il primo di loro a morire. E muore congelandosi un pezzo per volta, le dita delle mani e poi la faccia e poi il naso, come se il freddo se lo mangiasse. Sta per sparire Evans e magari lo sa più degli altri.

Non ci devo pensare a questa foto.

Penso a Shackleton, invece.

Faccio le foto come lui. Guardo il ghiaccio con l'aria pensierosa o concentrata o divertita, a seconda, e faccio come lui, che è sopravvissuto.

Le doti necessarie per sopravvivere sono innumerevoli – dice il *Manuale* – capacità di adattamento, rapidità e sicurezza nella decisione, ostinazione, autocontrollo, efficienza fisica e psichica.

Insaziabile desiderio di continuare a vivere comunque, dice il *Manuale*.

È giunto il momento di buttare il plaid, di lavarsi con l'acqua fredda, e di bere il tè, dice il *Manuale*. E io sono pronta, sono mesi che mi alleno. Non c'è nessun motivo per aver paura. Io ce l'ho, un insaziabile desiderio di vivere comunque.

Una forma di vita su Nettuno

Alice girò intorno all'isolato e si trovò di fronte alla vetrata dell'edificio. Oltre la superficie lucida si vedevano i profili giganteschi e tondi dei pianeti che galleggiavano sopra le teste dei visitatori, e lei pensò che non aveva mai visto niente del genere, e che tra pochi istanti, ecco, sarebbe stato proprio come essere la ragazza dello spazio. Sapeva dell'esistenza del Planetario nel Museo di Scienze Naturali di New York da moltissimo tempo, ci aveva fantasticato su, e a forza di pensarci aveva finito per convincersi che lì dentro si sarebbe sentita come lei. Se ne sarebbe andata a spasso nel buio cosmico, avrebbe sfiorato le lune di Giove e gli anelli di Saturno. Non avrebbe avuto paura nemmeno ai confini del Sistema Solare, dove orbitavano minuscoli pianeti dalla consistenza glaciale e dai nomi velatamente minacciosi. Urano, Nettuno, Plutone. Alice si sarebbe spinta fin laggiù, per nulla intimorita da quella marginalità oscura e periferica. Diede un'occhiata all'orologio, forse era ancora in tempo per lo spettacolo. Sapeva come sarebbero andate le cose, lo aveva letto sul sito prima di partire. La sala che all'improvviso piombava nel buio; la volta del soffitto, fino a un secondo prima bianca, che diventava nera, profonda e trafitta da un miliardo di stelle; Dio che ti diceva *Welcome to the universe* con la voce di Harrison Ford.

Stava per raggiungere l'ingresso dell'edificio quando la vista le si annebbiò, le gambe le tremarono e una vampata di calore la investì da capo a piedi, immediatamente seguita da una sensazione di freddo che le ghiacciò il sudore addosso. La stanza del Planetario prese a ondeggiare e le stelle smisero di essere fisse. Poi arrivò la nausea, e questa volta la cosa fu talmente improvvisa che per un istante lei credette di svenire. Cercando di non cadere, raggiunse una panchina che distava qualche metro e si sedette, e fu a quel punto che vide l'insegna dall'altra parte della strada.

Ogni volta in bocca le restava un sapore disgustoso. Bevve un sorso d'acqua e scartò una caramella, sempre con lo sguardo fisso verso l'interno dei locali illuminati sul marciapiede di fronte. La farmacia non era così diversa da un supermercato, chissà perché in quella città i negozi sembravano tutti dei supermercati. Alice immaginò gli scaffali pieni di piccole scatole tutte uguali e immaginò persino le pillole nei blister dentro le scatole, e poi immaginò se stessa che attraversava la strada, entrava, il suono del campanello elettronico sopra la testa, perché c'era sempre un campanello elettronico, e poi il commesso, lei che cercava di spiegarsi, e alla fine andava nel bar accanto, si sedeva, ordinava qualcosa e domandava, dov'è la toilette?

Io sono la più triste della seconda elementare, dice Lisa Simpson.

Alice attraversò la strada, entrò nella farmacia e comprò il test. Poi andò al bar, ordinò un caffè, lo bevve, pagò e chiese dove fosse il bagno, in fondo a destra, grazie. Si chiuse in bagno, estrasse il bastoncino, lo posizionò come si vedeva nella figura e lo rimise nella confezione per aspettare tra i tre e i cinque minuti prescritti, dopodiché uscì, perché quando sarebbe arrivato il momento non voleva essere nel bagno di un bar e neanche nel bar.

Dall'altra parte della strada, oltre le finestre del Planetario, l'universo aveva di nuovo quella perfetta apparente immobilità astrale. Alice riattraversò e si fermò di fronte alla vetrata, proprio dove poco prima aveva avuto il capogiro. Si accorse che la differenza di luce tra esterno e interno produceva sulla lastra un particolare gioco di riflessi, tanto che la sua immagine sembrava aver oltrepassato i vetri e ora si trovava a mezz'aria, galleggiando tra i pianeti in assenza di gravità. Rimase qualche istante a guardarsi. Poi batté con un dito sul cristallo, e là dentro il suo corpo sembrò subire un impercettibile cambio di direzione.

Infilò la mano nella tasca della giacca e cercò la confezione del test. Immaginò cosa stesse accadendo alla serie di stanghette, le strinse tra le dita e poi le lasciò di nuovo andare. Raggiunse la biglietteria, pagò e si diresse fino alla sala del Planetario. La stanza era calda e i materiali con cui erano fatte le cose, pavimenti, pareti, satelliti e stelle, dovevano essere di resina o di un qualche polimero plastico, perfetti per assorbire il rumore, e così accadeva che le voci e i suoni si trasformavano in una specie di ronzio omogeneo, leggermente ipnotico. Una volta Alice aveva letto che quando si guarda la tv e ci sono i disturbi elettrostatici, in effetti si tratta del rumore di sottofondo del cosmo. Ecco, sembrava proprio una cosa del genere. Il rumore di sottofondo del cosmo.

Prese a camminare e si rese conto che era quasi impossibile non farlo lentamente, i passi e i movimenti parevano andare incontro a uno strano processo di dilatazione, per qualche ragione l'eternità diventava un concetto quasi plausibile e si tendeva a temporeggiare. L'atmosfera era azzurrata e il chiarore che veniva da fuori, il riverbero perlaceo della neve, aumentava la sensazione di fluorescenza.

Scegliti un pianeta, pensò Alice, meglio uno buio e lontano, un angolo remoto che per raggiungerlo e per tornare ci vogliano centinaia di anni luce.

Non appena ci si sedette sopra, il divano in pelle rilasciò il sottile sibilo dei divani in pelle quando si sgonfiano sotto il peso di qualcuno, e Jason ebbe la certezza che tutto il tempo trascorso dalla prima volta che era andato lì con sua madre fino ad allora non fosse servito a niente. Continuava a mancargli qualcuno. Continuava a sentire un buco dentro di sé e a non riuscire a riempirlo in nessun modo.

Alla fine, in piedi tra la Quarantatreesima e la Terza, si era reso conto che la donna in arrivo, leggermente trafelata, non aveva un basco in testa, ma piuttosto un borsalino, peraltro neanche rosso, e insomma si era reso conto che quella non era affatto La Ragazza Col Cappello Da Fantino.

Era rimasto così, fermo, mentre lei gli passava davanti e lo superava e poi Jason aveva continuato ancora per un po' a restare in piedi al centro del marciapiede. E aveva avuto la sensazione netta e potente che tutte le persone di New York gli stessero sfilando davanti, che scorressero velocissime di fronte ai suoi occhi, e mentre le dita gli si stavano ghiacciando al punto che quasi non riusciva più a tenere il blocco in mano, Jason aveva pensato che stava tutta lì la differenza con le pietre.

Le persone non avevano la stessa affidabilità. Dell'agata, dell'ametista, del berillio o dell'ossidiana. In fondo non l'avevano mai avuta. Le persone non sono quasi mai dove vorremmo che fossero, e di sicuro non ci stanno per il tempo che sarebbe necessario. Due minuti o per sempre, a seconda.

Tirò fuori il suo blocchetto e la matita e cominciò a seguire il lato dell'arsenopirite. Era uno dei minerali più difficili, bisognava procedere con attenzione, riprodurre tutti i singoli cristalli di cui era composto il suo interno e annerire i lati per riprodurne la ruvidezza superficiale. Avrebbe impiegato tutto il tempo necessario, sarebbe rimasto lì fino a sera. Non voleva più fare niente a parte quello che stava facendo, disegnare serie interminabili di sassi. Lo zircone, l'ortoclasio, i profili frastagliati dell'ardesia, l'arenaria e lo scisto. E poi sarebbe passato alle altre sale, gli uccelli migratori, i dinosauri, le piante tropicali, i felini e gli insetti, i fenomeni atmosferici. Crea un tornado: spingi il bottone per una tromba d'aria, gira la manovella e provoca la tua tempesta di neve.

Nettuno. Nettuno era in fondo alla sala. Anni luce in fondo alla sala.

Era talmente azzurro che pareva ricoperto d'acqua e, secondo quello che c'era scritto sul pannello del museo, per compiere un'orbita intorno al sole ci impiegava quasi 165 anni e sulla superficie del pianeta soffiavano raffiche di vento fortissime e c'era quasi sempre un'intensa e persistente nuvolosità.

In buona sostanza, su Nettuno il tempo non doveva essere così diverso da quello che stava avvolgendo Manhattan, e forse per questo Alice decise che si sarebbe sistemata proprio laggiù.

Bean aveva mangiato gli spaghetti, Conrad ballato *Garota de Ipanema*, Alan Shepard tirato una pallina da golf. E lei? Lei sarebbe stata la prima a controllare nello spazio l'esito di un test di gravidanza.

Jason aveva finito di disegnare tutte le pietre. No, a dire il vero non proprio tutte, una parte, perché dopo un po' si era accorto che non stava funzionando. Non come la prima volta, almeno, e neanche come tutte le altre. C'era qualcosa che non andava. Continuava a scurire i lati, a rispettare la prospettiva, ma non riusciva a sentirsi meglio. E allora aveva cominciato a vagare per le sale, sperando che i cambi di illuminazione, la gente, l'aria spessa del sistema di riscaldamento, insieme alla ripetizione infinita degli elementi naturali, riuscissero a stordirlo almeno un po'.

Alice vide apparire le due lineette rosse e parallele e scoprì che, nonostante le raffiche di vento, le tempeste e il tempo quasi sempre impossibile, su Nettuno – o perlomeno lì nei paraggi – c'era una forma di vita. Restò così, senza sapere esattamente cosa fare, né tantomeno cosa sentire, e in quel momento si accesero le luci nella sala e la sagoma squadrata, trasparente e azzurrata della sezione dedicata allo spazio diventò un cubo dall'aspetto avveniristico perso nella neve, un cubo che visto da fuori, dalle persone che passavano per la Ottantatreesima, doveva sembrare un modulo spaziale.

Jason stava girando intorno al sole quando si accorse che in fondo alla sala, dalle parti di Nettuno, c'era una ragazza più o meno alta quanto lui, i capelli castani raccolti in un ciuffo, una giacca corta e un paio di stivali da pioggia verdi. Un po' era il fatto che fosse voltata di spalle e un po' per il modo in cui se ne stava ferma. Certo, il cappello non lo portava, né un basco né tantomeno un copricapo da fantino, ma lui la stava cercando da due anni, tra *tutte le persone di New York*, esattamente così, voltata di spalle come l'aveva vista quella volta alla Grand Central Station, e perciò non ebbe nessun dubbio. La cosa davvero incredibile era che anche adesso si sarebbe detto che fosse congelata. Vado da lei, pensò Jason, le dico dei disegni, le parlo di tutti gli angoli di Manhattan, ma le sue gambe non si muovevano più e una specie di panico gli stava montando dentro. Era inchiodato a pochi metri di distanza e il cuore gli batteva così veloce che Jason tirò fuori il blocchetto e cominciò a fare la sola cosa che in quel momento gli parve possibile.

Partì da Nettuno e poi disegnò Plutone, piccolo scuro e lontano, e Venere e Giove, e nel disegno i pianeti e le stelle sembravano orbitare tutti intorno alla Ragazza Col Cappello Da Fantino, come se all'improvviso l'universo intero fosse attratto da lei esattamente come lo era Jason. Non si era sbagliato, non aveva affatto sopravvalutato la cosa. L'impressione provata per la prima volta nell'androne della Grand Central Station stava trovando piena conferma. C'era un legame tra di loro, c'era una specie di campo di forze che lo attirava verso di lei e che non lo avrebbe mai più lasciato andare, e questo sebbene la ragazza non indossasse più il suo cappello da fantino.

Disperata. Ecco come si sentiva Alice. Disperata e sola. Continuava a fissare le due lineette parallele. Le mancava il respiro, si sentiva la gola stretta. Un bambino. Neanche riusciva a pensarci. Poteva essere di Mattia o poteva essere di Gabriele e di sicuro era suo, e in effetti nessuno dei tre voleva un bambino. Non c'erano i *presupposti*, perché per avere un bambino ci vogliono dei presupposti, tipo una famiglia, una coppia o almeno un po' di amore e in quel momento non c'era di sicuro una famiglia, né una coppia e nessunissima forma di amore nella vita di Alice. Nessunissima forma di amore, pensò.

Jason cominciò dagli stivali. Poi passò ai pantaloni, alla giacca, al cappuccio e ai capelli, e mentre provava a disegnarla proprio come l'aveva vista la prima volta alla Grand Central Station, di spalle, la ragazza inaspettatamente si mosse. Ebbe una specie di sussulto, si portò le mani al viso, scosse la testa più volte e alla fine partì. E fu velocissima, raggiunse in un attimo la forma rosso scuro di Marte, ma questa volta Jason si mise a correrle dietro, la seguì attraverso l'atmosfera gassosa di Giove e gli anelli di Saturno, poi lei sparì dentro al Planetario e allora ci si infilò anche lui e lì il buio era denso e profondo e c'era molta gente e per un momento Jason credette di averla persa un'altra volta, ma poi la vide che se ne stava in un angolo, anche se era più un modo di dire, perché il planetario aveva una forma bombata e prevalentemente tonda e non c'erano angoli nell'universo.

Jason si fece forza, e tagliando in diagonale il cosmo la raggiunse sul lato opposto del cielo e poi le toccò piano un braccio e le disse, scusami. La ragazza non si mosse. Sembrava completamente assorbita dalla punta dei propri stivali da pioggia che stava fissando con una certa ostinazione. Jason si avvicinò e ripeté: «Scusami». Allora lei alzò molto lentamente il capo e lo fissò senza dire niente.

«Posso disturbarti un momento? Sì, lo so, tu non mi conosci. Ma io sì. Ti conosco da moltissimo tempo. Mi chiamo Jason. Ciao.»

Jason allungò la mano verso di lei, la ragazza continuava a guardarlo ma come se non lo vedesse, come se i suoi occhi riuscissero a trapassarlo, e di sicuro non accennava a presentarsi o a ricambiare la stretta di mano.

«Ok, senti, hai ragione. Non è che proprio ti conosco, ma è comunque moltissimo tempo che penso a te, da quando ti ho visto alla Grand Central Station, ti ricordi? Charlie Todd aveva detto a tutti di bloccarsi per far sembrare che la stazione fosse congelata. Ed ecco, noi due ce ne stavamo lì a pochi passi uno dall'altro e tu eri di schiena e ti stava per cadere il cappello... Ho pensato, appena mi scongelo vado da lei e la conosco, ma poi tu sei sparita, la gente ha cominciato ad applaudire e quando sono arrivato alla biglietteria tu non c'eri già più, e allora ecco ho cominciato a cercarti.»

Jason si fermò un momento. La Ragazza continuava a fissarlo in modo assente e sembrava non ascoltarlo, il che tutto sommato poteva essere un bene, perché in effetti, come aveva previsto, il suo discorso appariva piuttosto strambo. Provò a ricominciare.

«Senti, ora lo so che quello che ti sto dicendo per te non ha molto senso, ma io sono un disegnatore, insomma una specie, e per trovarti ho disegnato tutte le persone di New York.»

Harrison Ford disse che al centro di due galassie che

si stanno formando accadono eventi drammatici e che le galassie possono anche disintegrarsi.

«Capisci? Ho disegnato tutto. Le pietre, i popcorn, le pistole ad acqua. Procedo per classi. Se dividi le cose in classi, è più facile. Anche gli uomini, tutti quelli che aprono l'ombrello quando inizia a piovere, tutti quelli che dormono sui vagoni della metro e ogni tanto gli cade la testa e quelli che prendono le scale mobili nei centri commerciali.»

Lo sguardo della ragazza adesso era cambiato. I suoi occhi sembravano aver messo Jason a fuoco, il che non significava che lo stesse davvero seguendo e ci capisse qualcosa, ma almeno a Jason sembrava di aver catturato la sua attenzione.

«Josh Rubin» disse, senza minimamente sapere perché lo avesse detto. «Vedi, Zadie, che è la mia vicina di casa, ha dodici anni e si sta allenando per andare al Polo Sud, ma questo non c'entra, scusa, non c'entra, ma io sono così emozionato di averti trovato e sai, anche Zadie sarebbe felicissima, e insomma Zadie mi aveva detto: portati il disegno di Josh Rubin che così glielo fai vedere alla Ragazza Col Cappello Da Fantino, perché noi è così che ti chiamiamo, anche se adesso non ce l'hai il cappello, ma è il nostro modo. Forse aveva ragione, ma io non le ho dato retta e l'ho lasciato a casa Josh Rubin, e anche tutti gli altri disegni che ho fatto per incontrarti, quelli che inseguono i piccioni e li fanno volare e quelli che vanno nello spazio e quelli che cuociono gli hamburger...»

«Cosa hai detto?»

«Quelli che cuociono gli hamburger.»

«No, prima.»

Jason si sentì improvvisamente disperato, capiva che se

soltanto fosse riuscito a ricordarsi ciò che le aveva detto prima degli uomini che cuociono gli hamburger sarebbe stato salvo.

«Lo spazio» sussurrò lei.

«Scusa, gli uomini che vanno nello spazio. Sì, li ho disegnati.»

«Sarebbe bello avere il coraggio di andarci. Ma io no.»

«Tu no?»

«No, io non sono tanto coraggiosa.»

Aveva un leggero accento, forse italiano o forse spagnolo. E sembrava sul punto di piangere.

«Ma tu stai... È successo qualcosa?»

«Devo andarmene. Credo che tu abbia sbagliato persona. Non sono io che cerchi. Di sicuro non sono io. Mi dispiace.»

«Oddio, no. Non te ne andare di nuovo. Perché te ne vai sempre? Certo che sei tu quella che cerco. Ti ho cercata per due anni, lo saprò se sei tu. Ti prego, ho bisogno di rivederti, ho bisogno che usciamo a cena o anche un caffè. Ci sediamo e con calma ti spiego tutto. Ma non devi piangere. Ti prego, smetti. Guarda. Ecco, guarda, è l'ultimo disegno. Sei tu.»

Alice si asciugò con la manica gli occhi e cercò di mettere a fuoco lo schizzo sul blocco che Jason le stava porgendo.

C'era poca luce, ma in quel momento, per la rotazione del cielo, si trovarono abbastanza vicini alla Via Lattea e un chiarore diffuso investì il foglio.

Vero, pensò Alice, sono io. Di spalle. Nella sala dello spazio, con tutti i pianeti intorno, le braccia piegate all'altezza dei fianchi e il capo appena un po' chinato verso il basso. Alice guardò ancora per qualche istante il disegno: quel tipo l'aveva disegnata nel momento esatto in cui lei stava controllando il test di gravidanza, perciò teneva lo sguardo verso il basso e i gomiti in quel modo.

«Lo so, forse un altro sarebbe riuscito a venire subito da te, e a presentarsi, ma io non ce l'ho fatta, capisci? E allora prima ti ho disegnata. Quando le disegni le cose sembra che poi le conosci, che sia più facile averci a che fare.»

Il ragazzo continuava a guardarla come se si aspettasse qualcosa da lei. Sembrava buono. E confuso. Alice non aveva capito quasi niente di quello che le aveva detto, per la maggior parte del tempo neppure lo aveva ascoltato. Provò a sorridergli e gli disse che adesso doveva proprio andare e che era sicura, non era lei la persona che stava cercando.

«Il disegno però è bello. Nessuno mi aveva mai disegnato prima» disse. «Lo posso tenere?»

«Adesso no.»

Alice ci rimase un po' male, ma non disse niente, allungò la mano e restituì il blocco a Jason.

«Scusami. Non è che non te lo voglio regalare, ma prima devo postarlo. È la fine del progetto, capisci? Il progetto era trovarti e il disegno è il momento in cui è successo. L'immagine combacia esattamente con quella della Grand Central Station, tu ferma di spalle. C'è un senso, capisci?»

No, lei non dava affatto l'impressione di capire, pensò Jason, e adesso sembrava anche arrabbiata. I suoi gesti erano diventati frettolosi e aveva smesso di guardarlo. Ripeté: «Scusami, devo andare», e lui non ebbe più la forza di fermarla. La Ragazza se ne stava andando. Un'altra volta.

Alice si mise le mani in tasca per prendere i guanti e urtò con le dita la confezione del test. Non riusciva a crederci. La faccenda adesso la terrorizzava e un momento dopo sembrava qualcosa di irreale e lontano che non la riguardava. Pensò allo schizzo di Jason. Lei di spalle tra i pianeti, che aspetta un bambino...

È la fine del progetto, capisci? Il progetto era trovarti. L'immagine combacia con quella della Grand Central Station, tu ferma di spalle.

Ma lei non c'era mai stata alla Grand Central Station.

Si infilò la giacca e si diresse verso l'uscita del Planetario. La sala dello spazio appariva ancora più luminosa, adesso che fuori era diventato completamente buio. Il gioco dei riflessi si era capovolto e la luce sembrava gettare fuori intere parti del museo. Giove, ad esempio, galleggiava in mezzo alla neve mentre la Terra, piccola e blu, andava alla deriva nei mulinelli che il vento creava lungo la Ottantatreesima.

Un ragazzino le si avvicinò quando ormai aveva oltrepassato la biglietteria e stava per guadagnare l'uscita.

«Posso lasciarglielo, signorina?»

Era un volantino, la carta gialla e un po' gonfia d'acqua. Alice ebbe un attimo di esitazione, poi lo mise in tasca senza vedere di cosa si trattasse e uscì nella neve.

Cody Lindquist sarà rapita

Sulla Bowery, al terzo piano di un palazzo della seconda metà dell'Ottocento, alto e stretto, con la facciata in mattoni rossi e le scale antincendio, appena dietro ai vetri di una finestra a ghigliottina, Charlie Todd ha di fronte a sé cinque principesse.

La più convincente è di sicuro Cody Lindquist.

La pelle chiarissima, i capelli di un castano pieno, possiede l'aria orgogliosa e al tempo stesso arrendevole di chi verrà rapita. Tutte le principesse vengono rapite, e l'unica consolazione è che prima della fine qualcuno le salva. Bacio, uccisione del drago, conquista dell'impero, rottura dell'incantesimo.

Charlie studia l'espressione di Cody. Per qualche ragione, tra le candidate lei sembra la meno convinta di poter essere liberata.

Charlie ha già deciso chi saranno gli imperiali, Patrick Cassels e Brian Murphy, mentre Alex Scordelis farà Darth Vader. Il suo costume è estremamente complesso, con dieci componenti da assemblare e un marchingegno elettronico nella maschera per modificare la voce. Ieri sono arrivati fino a un bar della Mulberry Street e lì Alex ha chiesto una Coca Cola con la sua nuova voce metallica. Il barista si è messo a ridere e gli ha domandato se fosse una pubblicità o cosa. Alex ha risposto di no.

«Si tratta della guerra tra le forze del Bene e quelle del Male» ha detto.

«Limone?» gli ha domandato il barista.

Charlie si è già procurato le spade laser. È riuscito ad averle tramite un amico che lavora in una fabbrica di giocattoli a un prezzo di favore. Un centinaio di spade laser.

Ne stanno accendendo qualcuna per vedere l'effetto, e se chi passa per strada sollevasse lo sguardo potrebbe scorgere scintillii e bagliori dietro la finestra a ghigliottina sulla Bowery. Scie luminose, aloni fluorescenti che attraversano l'aria.

Mancano poco più di ventidue ore.

Cody Lindquist è felice di essere stata scelta tra le principesse. Dovrà sistemarsi i capelli esattamente come Leila, due crocchie ai lati del capo. Chissà cos'ha di spaziale quella pettinatura? Sta di fatto che salirà sul treno numero 6 alla fermata di Brooklyn Bridge.

Le porte scorrevoli e argentate dei vagoni della subway sono in tutto e per tutto simili a quelle della navicella spaziale dei ribelli, e anche il rumore è quasi lo stesso – lo sferragliare dei treni –, e i fanali dei convogli ricordano quei baluginii di incerta provenienza che squarciano il buio cosmico. Funzionerà. Sarà perfetto.

La tempesta non dovrebbe rappresentare un problema, dal momento che l'intera missione si svolgerà nella metro, e comunque il peggioramento è previsto in tarda serata. Charlie immagina il finale, immagina un centinaio di persone emergere da sottoterra, immagina le spade.

E a quel punto, pensa Charlie, finalmente la giornata

non sarà più in discesa e non sembrerà che un liquido scuro colando attraverso le ore abbia imprigionato le cose. Finalmente, pensa Charlie, in qualche modo tutto il buio di febbraio si risolverà. Si volta verso Alex Scordelis e gli domanda di cosa si tratta.

Lui risponde metallico: «Della guerra tra le forze del Bene e quelle del Male, ovviamente».

Poi aggiunge: «Limone?».

Elephant Island

«Oh, sa signora, le solite cose. La zia adesso è tutta presa da un porro. Un porro, sì, esatto. Si tratta di un porro selvatico, ma al Farmers' Market di Union Square lo chiamano *aglio tricocco*. Pare vada moltissimo e così la zia ultimamente ne parla parecchio. Insomma, credo che sia una delle sue preoccupazioni principali, cosa ci può ricavare e come combinarlo con altri ingredienti. E comunque per il resto, sto bene. Vado a scuola e passo parecchio tempo con Jason, e anche lui in effetti sta bene.»

Zadie non l'aveva mai chiamata prima di allora, magari le aveva urlato una domanda o un saluto mentre lei parlava col figlio, ma per il resto si era limitata a sentire la sua voce un po' lontana e a farsi riferire da Jason i bollettini meteo.

«Una certa Franca Tantillo ha creato delle fragole neutrodiurne. So che a lei non dice granché, signora Polan, ma è piuttosto conosciuta dagli addetti ai lavori e ha inventato queste fragole che crescono comunque, indipendentemente da quanto durano le giornate. E mia zia si sta fissando anche con quelle.»

«Fragole indifferenti» ripeté dopo un attimo Zadie quasi tra sé. «Comunque non la chiamavo per questo, ma per l'ora. Avrei bisogno di sapere, signora Polan, con una certa precisione, a che ora ci sarà il picco della tempesta domani. Perché sarà domani, vero?»

La signora Polan disse che dipendeva dalle zone, ma comunque di sicuro dopo le sei del pomeriggio.

Zadie calcolò che la zia sarebbe andata al ristorante intorno alle quattro, come sempre, e che lei avrebbe avuto più o meno due ore per portare a termine la missione.

«Ma tu non uscirai, vero Zadie?»

«Oh no, signora Polan, lo chiedevo per mia zia. Jason me lo ripete di continuo quanto sono precise le sue previsioni e poi qualche volta abbiamo anche fatto delle prove... Ma, ecco, esattamente, in cosa potrebbe consistere la tempesta?»

«Vento molto forte e bufere» rispose la signora Polan.

«E a Central Park?»

«Ma tua zia passa dal parco per andare a lavorare? Non è prima della Settantaquattresima, il ristorante?»

«Oh, sì. Ma ora chiedevo tanto per chiedere... Cioè, nessuno andrà davvero nel parco domani. Mi piaceva soltanto sapere, così. Mi piacciono le sue previsioni del tempo. Sembra di esserci.»

«Di esserci dove?»

«Tipo io le dico nel parco, lei mi dice cosa succederà, e poi, ecco, è come se ci fossi stata.»

«Comunque nei parchi non bisogna mai andare, Zadie, la temperatura è sempre più bassa di qualche grado in mezzo alla vegetazione, e di solito cadono gli alberi. Dovrebbero fare maggiore manutenzione, potare i rami più secchi e certe piante marce, ma non ci sono mai abbastanza soldi e così diventa pericoloso, capisci? Io lo dico sempre anche a Jason, non andare nei parchi e non prendere l'ascensore.»

«Stia tranquilla, noi non prendiamo mai l'ascensore.»

«Bene. Mi raccomando. E poi può accadere che i corsi d'acqua si ghiaccino e in effetti questo riguarda anche le case, le tubature, le centrali elettriche...»

Ma proprio mentre lei stava concludendo la frase, Zadie sentì i passi di Jason per le scale e si affrettò a chiudere. Non voleva sapesse che aveva telefonato a sua madre e neanche il resto. Jason non l'avrebbe mai lasciata andare altrimenti, e invece questa era la sua grande occasione. Tutto stava filando a meraviglia. Persino l'orario. Non c'era pericolo, perché lei sarebbe comunque rientrata prima del momento peggiore.

Ripeté, stia tranquilla signora Polan, e grazie ancora delle previsioni. Grazie davvero, e poi riattaccò. Uscì sul pianerottolo e trovò Jason sull'ultimo scalino.

«Allora?»

Lui sollevò gli occhi, scosse il capo, sembrava incapace di emettere qualsiasi tipo di suono. Zadie stava per dirgli qualcosa, ma Jason alzò la mano, come se si stesse difendendo, o come se volesse tenerla lontana. Poi raggiunse la porta e sparì dentro casa.

Non l'aveva mai visto così. Doveva averla presa proprio male. Zadie pensò che forse questa volta aveva esagerato. Ma in fondo non era stato lui stesso a dirlo appena poche ore prima? Ho disegnato popcorn tutto il giorno ieri. Ecco, appunto. Era stato per quello che lei lo aveva fatto, per aiutarlo. Un piccolo aiuto, nient'altro. E alla fine non era neanche la prima volta.

Quando Zadie vedeva Jason un po' giù, titubante, sul punto di mollare, creava un nuovo account e gli mandava una mail. Non una mail qualunque, una mail che per qualche ragione avesse tutti i requisiti per essere proprio quella della Ragazza. Tipo il cappello. Zadie aveva scritto nell'oggetto *Ritratto di ragazza con cappello* e subito Jason si era immaginato fosse proprio lei. Oppure Zadie utilizzava qualche altro particolare. Un paio di mesi prima, ad esempio, gli aveva scritto: ti aspetto eccetera eccetera di spalle. Era stato un colpo di genio. Jason su quel *di spalle* ci aveva fantasticato all'infinito. Insomma funzionava, aveva sempre funzionato. Lui in qualche modo riprendeva fiducia, ricominciava a sperare e ad aspettare e a cercare.

Il fatto che poi a quegli appuntamenti non si presentasse nessuno, non era alla fine così importante. Non lo aveva mai demoralizzato. Jason immaginava contrattempi, treni della metropolitana in ritardo, macchinette dei biglietti mal funzionanti, telefoni che squillavano, visite inaspettate, semafori rossi, marciapiedi scivolosi, orologi rotti, porte che si bloccavano, ascensori fermi tra due piani, insomma un granello nell'infinito numero di ingranaggi che dovevano combaciare perché La Ragazza riuscisse a trovarsi esattamente nell'arco di tempo e di spazio in cui Jason la stava aspettando. Non gli sembrava strano, non aveva mai sospettato nulla. D'altronde, che qualcuno non si presentasse agli appuntamenti succedeva spesso.

E così quella mattina, mentre sua zia la credeva intenta a prepararsi, Zadie si era messa a scrivere a Jason. Aveva anche scelto un posto vicino, per via della neve. Non era proprio sicura che funzionasse, Jason aveva il suo metodo, procedeva secondo un preciso ordine cronologico, ma invece l'effetto contemporaneità lo aveva inchiodato, oltre che l'oggetto della mail. Ritratto di ragazza con cappello.

Volendo, era anche un bel titolo per il disegno. Insomma era stato tutto perfetto. Persino lei stessa: il modo in cui l'aveva ascoltato, dissimulando stupore e partecipazione. Perfetto.

Ecco, infatti, tutto troppo perfetto, pensava adesso Zadie.

Si avvicinò all'appartamento di Jason, appoggiò l'orecchio alla porta per sentire cosa stesse succedendo. Nessun rumore. Si accucciò. Da sotto il battente non arrivava neanche un filo di luce. Non sembrava neppure che fosse in casa. Doveva bussargli? No, meglio lasciarlo in pace.

Forse, si disse Zadie, se Jason si era chiuso subito in casa senza rivolgerle la parola, poteva essere che cominciasse a sospettare qualcosa. No, era impossibile. Come avrebbe potuto? Eppure, l'aveva guardata in un modo strano. I suoi occhi le erano come passati attraverso.

Si sentiva in colpa. Terribilmente in colpa.

In fondo Zadie lo sapeva. Sapeva che c'era sempre stato anche dell'altro. Se scriveva quelle mail, se faceva finta di essere La Ragazza Col Cappello Da Fantino, ecco, non era solo per aiutare Jason. Oh certo, quella era la cosa principale, e in fondo la sola importante, ma non l'unica.

Spostarlo su e giù per Manhattan. Immaginare che sarebbe andato proprio lì, all'angolo preciso in cui Zadie si era messa in testa di mandarlo, a una determinata ora, in un determinato giorno. Prendere il posto della Ragazza. Tutto questo la faceva sentire importante, importante in un modo sottile e complesso. Era come avere un appuntamento, immaginare che Jason la stesse cercando. Proprio lei e nessun altro.

Tornò davanti al pc ed entrò nel sito di Jason. Doveva capire se lui davvero sapesse qualcosa, pensare a come comportarsi in quel caso, se parlargli, se confessargli tutto o negare, negare fino alla fine come dicevano gli avvocati delle serie tv.

Quando finalmente, dopo una lunga attesa – la connessione era molto lenta, forse per via del maltempo – l'homepage si aprì, Zadie si trovò davanti la cosa che meno si sarebbe aspettata.

Jason aveva postato un nuovo disegno.

Non era andato dove lei gli aveva detto di andare.

Era stato al Museo, invece.

Si era sistemato nella stanza dei pianeti e per qualche assurdo inghippo del caso lì aveva trovato davvero La Ragazza Col Cappello Da Fantino.

O almeno questo era quello che si poteva desumere dal nuovo disegno che Jason aveva postato sulla propria pagina.

La Ragazza Col Cappello Da Fantino senza cappello al Museo di Scienze Naturali.

E dunque l'aveva trovata, ed era incredibile, eppure qualcosa doveva per forza essere andato male, se poi Jason era tornato a casa in quello stato. Forse La Ragazza era di nuovo scomparsa e Jason non aveva fatto in tempo a fermarla; forse si era messo a disegnarla e alla fine non aveva avuto il coraggio di raggiungerla; oppure, peggio, le aveva parlato e lei non ne aveva voluto sapere, lo aveva trattato male, non gli aveva lasciato speranze. Oddio, ma come? Zadie non si lasciava certo fregare dalle romanticherie, che so, fiori o bigliettini, e detestava i pasticcini a cuore di Philippe Bertineau, ma quello che aveva fatto Jason era un'altra cosa, aveva cercato La Ragazza dappertutto, aveva disegnato ogni persona che incontrava per strada e nei negozi, si era inventato addirittura una specie di *progetto artistico* – o così li chiamavano sulle riviste – apposta per lei: possibile che tutto questo l'avesse lasciata indifferente?

Zadie si accostò allo schermo per guardarla meglio, talmente vicino da sentire per un istante il fremito elettrostatico sulla pelle del viso.

La Ragazza stava di spalle e anche così si capiva che doveva essere carina, e sembrava simpatica, forse per via degli stivali da pioggia. Non era un tipo troppo sofisticato, dava piuttosto l'impressione di camminare parecchio e con qualsiasi clima. Non aveva paura dei fenomeni atmosferici. Proprio come me, pensò Zadie.

Quando per qualche ragione Jason era stato lì lì per mollare, ogni volta Zadie si era immaginata La Ragazza Col Cappello Da Fantino che attraversava una strada di Manhattan o aspettava il verde a un semaforo senza più nessuno intento a cercarla. Nessuno che pensava a lei, nessuno che entrava nei musei, nei negozi e nei cinema sperando di incontrarla. In quei momenti Zadie temeva che La Ragazza Col Cappello Da Fantino si sentisse terribilmente sola, e anche per quello scriveva le mail finte, ecco, e però adesso vedendola nello schizzo di Jason ebbe la stessa sensazione: la sua figura aveva qualcosa di fragile, sembrava essersi persa in mezzo a tutti quei pianeti.

Zadie provò una fitta dentro, come se potesse sentire insieme tutta la tristezza di Jason e quella della Ragazza. Una folata di vento gelido. O qualcosa del genere.

Prima di telefonare alla signora Polan era di nuovo andata su Google Earth. Le immagini dall'alto erano composte da una serie infinita di fotografie scattate dal satellite che venivano messe insieme, immagini che potevano risalire anche a tre o quattro anni prima, aveva letto Zadie. E allora qualche volta lei cliccava l'indirizzo della sua vecchia casa, quella in cui stava coi genitori, e si metteva lì ad aspettare sperando di vedere sul marciapiede di fronte al portone comparire l'immagine satellitare della mamma che rientrava a casa con le borse della spesa, o l'immagine satellitare di papà che scaricava dal bagagliaio dell'auto l'albero di Natale. Quattro anni prima. Poteva succedere. Ma poi non succedeva mai.

Ernest Shackleton. Quando si sentiva così triste Zadie pensava sempre a lui che fissava la banchisa. Pensava alla sua nave, l'Endurance, stretta tra i ghiacci, che il fotografo della spedizione, Frank Hurley, aveva illuminato con diciotto flash al magnesio per catturare di notte l'immagine di profili bianchi e solitari, in cui gli alberi, le funi, lo scafo apparivano luminosi, come se qualcuno quella nave l'avesse accesa. O forse a colpire Zadie era la sua immobilità che la faceva sembrare un vascello fantasma, sospeso nell'aria appena sopra le creste gelate e perso per sempre nel buio.

O forse ci pensava perché quando la nave era infine colata a picco, ormai stritolata dal ghiaccio, e il pack aveva cominciato a rompersi sotto l'accampamento, il capitano non si era lasciato scoraggiare e insieme ai suoi uomini aveva deciso di trascinare le scialuppe per trecento miglia attraverso le distese infinite dell'Antartide per raggiungere il mare aperto e fare rotta verso le isole Shetland. E dopo cinque giorni di navigazione, freddo, fame, dissenteria, terrore del mare e delle orche che si avvicinavano alle scialuppe, alla fine era comparsa all'orizzonte Elephant Island. Gli uomini erano sbarcati, ma Shackleton aveva capito subito che l'isola si trovava fuori dalle rotte delle navi e che la sola speranza era raggiungere la Georgia del Sud. Zadie pensava al capitano che a quel punto, con altri cinque, aveva ripreso il mare e veleggiato su una barca poco più lunga di una vasca da bagno attraverso i Quaranta Ruggenti, quel tratto di mare in cui i venti erano talmente forti e impetuosi da essere paragonati a leoni. Erano stati quasi affondati da un'onda altissima che li aveva sommersi completamente, e dopo diciassette giorni e ottocento miglia erano sbarcati nella Georgia del Sud.

Ma dalla parte sbagliata.

La barca era distrutta, impossibile rimetterla in mare. Shackleton aveva guardato il profilo dell'isola, un gruppo di montagne alte fino a 1.500 metri la divideva in due e questo significava che per raggiungere la stazione dei balenieri dovevano superare quelle vette.

Con una corda, un'accetta e delle viti piantate nelle suole al posto dei ramponi, Shackleton aveva scalato con due compagni quaranta chilometri di rocce. Raggiunta la cima, si erano lasciati cadere legati a una slitta lungo le pareti lucide di ghiaccio blu, e dopo trentasei ore erano arrivati. Shackleton si era messo in cerca di una nave la notte stessa per tornare su Elephant Island.

Non aveva mai mollato, non si era mai scoraggiato e alla fine aveva salvato tutti i suoi uomini, e perciò Zadie pensava a lui quando era triste. E a volte aveva persino creduto che potesse accadere la stessa cosa, che i suoi genitori prima o poi sarebbero venuti a salvarla, proprio come aveva fatto Shackleton. Li vedeva prendere una scialuppa e salpare dal posto in cui si trovavano adesso – un punto indefinito del cielo come sosteneva la zia, o più probabilmente un fotogramma di Google Earth –, e affrontare i Quaranta Ruggenti e le balene e gli squali per tornare da lei.

Non succedeva, però. E allora doveva farlo lei, doveva

salvarsi da sola. Era Shackleton e al tempo stesso era gli uomini che Shackleton doveva recuperare.

Si alzò. Andò di fronte alla finestra. Adesso la neve cadeva di traverso. I fiocchi erano più lenti, ma più grandi e sfrangiati, imprecisi.

Il giorno dopo, più o meno a quell'ora sarebbe rientrata dalla sua missione.

La squadra formata da me e basta avanzerà nel vasto altopiano chiuso a nord dalle regioni del Lago, che attraverserò piegando verso est, punto in cui il bacino si restringe e diventa più facile da passare. Superata la regione dei laghi, proseguirò per il Cedar Hill fino al Great Lawn, che dovrò costeggiare lungo il lato ovest. Raggiunto il South Meadow e superato anche il North Meadow la squadra pianterà la bandiera, come già deciso in precedenza, presso il Lasker Pool.

Andò alla scrivania, riprese il diario e fissò gli ultimi punti.

L'intera spedizione durerà al massimo un'ora e mezza, e perciò la squadra sarà di ritorno prima delle diciotto, ora in cui secondo il meteorologo, la dottoressa Polan, la tempesta raggiungerà il picco. La squadra ha preso in considerazione che durante la marcia calerà il buio, e perciò nell'attrezzatura si è preoccupata di includere una torcia, in aggiunta alla bussola, a diverse confezioni di gallette e a una barra di cioccolato nero.

Confermo che il magnetismo terrestre a Manhattan non risulta disturbato. La mensa della mia scuola è effettivamente a nord della palestra.

Prima di partire per la spedizione mi farò la doccia con il bagnoschiuma al pino silvestre. È dimostrato che più si è sporchi e più si sente freddo.

Cinque centimetri di spessore del ghiaccio sono sufficienti a sorreggere un uomo.

Il fatto è che adesso che Jason ha capito, adesso che lui ce l'ha con me non ho più nessun contatto con la base. Non verrà a cercarmi. In effetti, dopo oggi, non cercherà più nessuno, Jason. Sono sola come mai prima d'ora, ma a questo sono allenata.

Si può resistere a qualsiasi temperatura se si è equipaggiati bene; inoltre al freddo ci si può sempre abituare. È stato provato che anche a -4° la perdita di calore dalla testa può rappresentare la metà del calore prodotto dall'organismo in riposo. È necessario perciò coprire bene il capo. Credo che il mio cappello di lana con le orecchie da orso sarà perfetto.

Non perderò calore dalla testa.

Chan Go seduta all'ombra di un albero di cannella

Alice aveva imboccato la Broadway e si era limitata a non abbandonarla più perché sapeva che arrivava dalle parti del Lower East Side, dove abitavano Doug e Fil. Una specie di rientro automatico, una rotta prestabilita alla fine della quale sarebbe probabilmente precipitata nell'oceano, come succedeva alle capsule spaziali. Continuava a pensare a cosa stesse accadendo dentro di lei, cercava di immaginarlo e non ci riusciva. Non sapeva quanto potesse essere grande un bambino al primo mese di gravidanza e in che posizione fosse e a che altezza della pancia si potesse trovare. Sopra o sotto l'ombelico?

E non sapeva neanche come mai, dal momento in cui erano comparse le due lineette rosse nel test, le fosse sembrato di vedersi improvvisamente da una distanza infinita, una inquadratura aerea, con lei al centro di una strada e la strada persa in qualche posto a New York, e New York appena un circoletto rosso sulla costa occidentale degli Stati Uniti e così via. Lontanissima, e piccola.

Prima di scendere sulla Luna Buzz Aldrin, Neil Armstrong e Michael Collins si erano collegati con Houston e avevano avuto una lunga conversazione su parametri e misurazioni, e poi Ron Evans, che era il Capsule Communicator, aveva raccontato loro la leggenda di Chan Go.

«La ragazza è cinese e si chiama Chan Go. Vive sulla Luna da quattromila anni. È facile trovarla, se ne sta con un coniglio all'ombra di un albero di cannella.»

«Ok, cercheremo di trovare la ragazza col coniglio» aveva risposto Buzz Aldrin dalla Luna.

Per trovarti ho disegnato tutte le persone di New York.

Disegnare non è un metodo di ricerca, pensò Alice. Se si escludono gli identikit, certo. Ma più che altro uno, quando deve trovare una persona, che so, utilizza l'elenco telefonico, internet, Facebook, oppure mette un annuncio sul giornale, assume un investigatore privato, ce ne potevano essere molti di sistemi, ma di sicuro non disegnare. E comunque, perché poi avrebbe dovuto cercarla? Lei era sicura di non conoscerlo ed era sicura che lui non avesse potuto vederla alla Grand Central Station per il semplice fatto che due anni prima alla Grand Central Station lei non c'era, e di certo non aveva mai posseduto un cappello da fantino. E tuttavia, mentre tornava verso l'appartamento di Fil e Doug, Alice continuava a pensare al disegno di Jason, così aveva detto di chiamarsi, Jason, questo se lo ricordava. Nel disegno c'era lei e intorno tutti i pianeti.

A quanto ne sapeva Alice, in seguito Buzz Aldrin non aveva mai più accennato a Chan Go né al suo coniglio. Erano successe altre cose sulla Luna, qualcuno aveva mangiato un piatto di spaghetti, qualcuno ballato e Shepard tirato una pallina da golf. Ma nessuno si era messo a cercare davvero la ragazza con il coniglio.

Aprì la porta di casa e sentì il televisore acceso in salotto, qualcuno stava parlando della neve. Non facevano che parlare della neve in tv. E del vento.

«Sei tornata, finalmente.»

Doug le andò incontro e la sua espressione aveva un che di strano, come quando qualcuno più grande di età cerca di dimostrarti che è assolutamente tranquillo mentre in effetti è spaventato a morte.

«Che c'è?»

«Niente, è che sei stata fuori un sacco di tempo e fa freddo.»

«Eravamo preoccupati, Alice». Filippo era apparso sulla porta. Probabilmente aveva abbassato il volume della tv, perché ora arrivavano soltanto dei lampi grigio azzurri e non si sentiva niente.«Il tuo telefono è staccato. Ti avremo chiamato almeno dieci volte. Dov'eri finita?»

«Scusate, non mi sono resa conto dell'ora. Ero al Museo delle Scienze e ho spento il cellulare, e poi credo di essermi completamente dimenticata di riaccenderlo.»

«Sei fradicia. Cambiati. Ti scaldo un po' di tè.»

Alice andò a spogliarsi nella sua stanza. Si tolse la giacca e gli stivali e poi la calzamaglia e i pantaloni e il maglione e rimase soltanto con la fruit grigia. Era la sua preferita, quella maglietta. A volte la sciacquava la sera per poterla indossare di nuovo pulita la mattina seguente. Si guardò di profilo allo specchio, stirando la maglia sotto il seno. Non si vedeva niente, e del resto era normale, ma chissà perché si era immaginata, adesso che sapeva di aspettare un bambino, di riuscire a rintracciarne una prova. Adesso che aspettava un bambino. Quel pensiero scappava da tutte le parti, non si faceva afferrare.

«Che fai?»

Filippo apparve sulla porta proprio nel momento in cui lei si stava girando sull'altro fianco per controllare che anche da quella parte tutto fosse normale.

«Niente, guardavo solo se sono ingrassata. Secondo te sono ingrassata?»

«No, non mi pare. Senti, noi pensavamo di uscire, avremmo prenotato in un posto qui vicino, se ti va. È un ristorante indiano, fanno un pane buonissimo e un pollo tandoori che è la fine del mondo. Ma se sei stanca possiamo andarci un'altra volta.»

«No, no, va bene. Benissimo.»

«Sei sicura? Sembri un po' pallida. Doug non voleva dirtelo, ma era agitatissimo. Continua a ripetere che stamattina gli sei sembrata molto triste, e insomma, non dirgli che te n'ho parlato. È solo che vorrei essere sicuro che si sbagli. Le storie finiscono, Alice. Anch'io prima di incontrare Doug mi ero appena lasciato e stavo male e mi sembrava che non sarei mai più potuto essere felice e sai, anche a me succedeva di fissarmi su cose tipo che ero ingrassato, che avevo le occhiaie, cose così. Ma poi passa, e guardami adesso. Sono felice, mi sto per sposare, e anche tu presto sarai felice. Sono sicuro.»

«Va tutto bene, davvero. Mi sono messa a girare per i pianeti e non mi sono resa conto del tempo che passava.» Alice si sforzò di sorridere. «E poi ho incontrato un tipo che mi ha fatto perdere tempo.»

«Un tipo? Che tipo?»

Alice non sapeva perché si era messa a raccontare di Jason, ma comunque le sembrò una buona idea continuare. Almeno non avrebbe rischiato di parlare d'altro.

«Un ragazzo. Aveva gli occhiali, più o meno della mia età.»

«Visto? Che ti dicevo? Carino?»

«Oddio, non so se è carino. Ha detto che mi stava cercando da moltissimo tempo, ma io non lo conosco, non l'ho mai visto e perciò credo che si sia sbagliato, tutto qui.»

«Ecco il tè» disse Doug.

«Sai perché ha fatto tardi la nostra piccola Alice? Ha incontrato un ragazzo, ecco perché.»

«Un ragazzo? E chi? Racconta.»

«Ma niente. A un certo punto ero lì dalle parti di Nettuno e si avvicina questo e mi dice che si chiama Jason e dopo un po' mi fa vedere un disegno in cui ci sono io...»

«Un pittore? Un artista?»

«Era soltanto un disegno.»

«Ti ha chiesto di comprarlo?»

«Oh, no.»

«E sei venuta bene nel disegno?»

Alice si bloccò un momento. Era venuta bene?

Sono venuta incinta, avrebbe dovuto rispondere. Sentì che le stava di nuovo per venire da piangere. Allora si voltò verso il muro abbastanza velocemente perché Fil e Doug non se ne accorgessero e disse tutto d'un fiato: «Basta adesso. Come siete curiosi. Facciamo così, vi dico ogni cosa a cena, ok? Adesso sparite che mi devo vestire».

Il pollo occupava almeno metà del piatto e vicino c'erano delle verdure tagliate sottili e saltate in padella col peperoncino e una serie di grandi focacce sistemate una sull'altra di cui Doug era golosissimo.

«E allora? Vi rivedrete?»

Alice masticava lentamente e le sembrava di riuscire a isolare i diversi profumi delle spezie. L'aria era piacevolmente calda e la luce soffusa. Il locale aveva i toni del rosso, moquette spessa e carta da parati con punti dorati e due grandi vetrate, oltre le quali la neve continuava a cadere, ma come al rallentatore: i fiocchi visti da lì dentro apparivano grandi e stranamente luminosi per via delle luci della strada che li intercettavano. Sembrava che ci mettessero un sacco di tempo a raggiungere il marciapiede, beccheggiavano a metà strada tra il cielo e la terra, talvolta scartando di lato, talvolta risalendo inaspettatamente verso l'alto. Filippo le versò un po' di vino rosso e Alice pensò che avrebbe voluto restare lì, esattamente dove si trovava, per il resto della propria vita, a mangiare pollo tandoori e a guardare la neve. Nessun pensiero a parte quello di pronunciare bene i nomi delle cose. Tandoori chicken. Kulfi al Badam. Kheer Kesari.

«Dai, rispondi. Vi rivedrete?»

«Come? Ah, no, non credo. Non so niente di lui.»

«Ma perché ti cercava?»

Alice raccontò quello che le aveva detto il ragazzo, continuava a ripeterle che l'aveva vista alla Grand Central Station un paio di anni prima, e che lei era congelata, congelata a pochi metri da lui. Alice non aveva idea di cosa potesse significare, e comunque lei alla Stazione Centrale due anni prima non c'era.

«Magari ha visto qualcuno che ti assomigliava.»

«Può essere, certo, qualcuno che mi assomigliava...» ripeté Alice, ma poi si bloccò. Qualcuno che le assomigliava. Qualcuno abbastanza identico da poter essere scambiato per lei.

«Oddio.»

«Che c'è, Alice?»

«La ragazza dello spazio.»

L'aveva immaginata talmente tante volte nel cosmo che

Alice adesso aveva qualche difficoltà a sistemarla sulla terra, tipo alla Grand Central Station. Più che altro era fatta per galleggiare, per volare, per vivere sempre a migliaia di chilometri dal suolo, in una geografia argentata e priva di gravità.

«Chi diavolo è la ragazza dello spazio?»

«È... come faccio a spiegarvi? È una che fisicamente è uguale identica a me, ma in effetti è molto ma molto più coraggiosa perché va nello spazio.»

«Va nello spazio?»

«Sì, sapete, la Nasa, le missioni. Dev'essere una di quelle che aggiustano i moduli spaziali.»

Filippo e Doug si guardarono.

«Be', che c'è? È vero. Esiste davvero da qualche parte una ragazza così.»

«Ma la conosci?»

«No, in effetti no. Ma la conosce un mio amico. Questo mio amico è stato mandato in Canada e ha visto una ragazza che studiava per diventare astronauta, ed è successo parecchi anni fa ormai, per cui immagino che adesso lo sia diventata, astronauta intendo. E comunque il mio amico ha detto che era uguale a me. Ed è una cosa a cui penso sempre. Ci penso quando ho paura, penso a questa mia versione coraggiosa che sta navigando da qualche parte nell'universo. È per questo che sono stata al museo, volevo, non so, provare a sentirmi come lei, stare per un po' tra le stelle, vedere com'era, una cosa del genere. Ho pensato, magari poi mi viene lo stesso coraggio.»

«Ha funzionato?»

«No, temo di no, Doug. Alla fine è solo una cosa piuttosto stupida.»

«Aspetta. Aspetta un momento, Alice.» Filippo agguantò

una coscia di pollo, diede un morso e poi agitandola in aria continuò: «Credo di sì invece. In qualche modo ha funzionato, perché hai trovato questo tipo, il disegnatore, e se è vero che due anni fa alla Central Station ha visto – come la chiami? – la ragazza dello spazio, allora è come se in qualche modo lui ti avesse collegato a lei».

«Troppo complicato per me. Mi arrendo» disse Doug sollevando le mani.

«Devi ritrovarlo. Il disegnatore. Non capisci? Torna tutto. È una specie di segno, qualcosa del genere. Insomma Alice, non lo so cos'è, ma so che devi ritrovare questo tipo.»

Alice pensò che in circostanze diverse Filippo avrebbe avuto ragione. Il disegnatore l'aveva scambiata per la ragazza dello spazio, quella cui lei avrebbe voluto somigliare in tutto e per tutto, non solo fisicamente. Ma adesso c'era dell'altro, e sia Filippo sia Doug non ne sapevano ancora nulla. Houston, abbiamo un problema. I test hanno rilevato una presenza aliena a bordo. Due lineette inequivocabilmente rosse, Houston. Houston, mi sentite?

A Torino, qualche volta, di sera, Alice camminava fino al Po, sulla riva dalla parte della Gran Madre. C'era un circolo sportivo e a lei piaceva scendere tra gli alberi che di notte profumavano di terra e raggiungere la piscina. Era molto grande e sembrava quasi pulsare illuminata nel buio. Tutto intorno si sentiva odore di cloro e vapore. Le piaceva andarci e le piaceva avvicinarsi alle vetrate da fuori, appoggiare i polpastrelli sulla lastra liscia e leggermente bagnata, e restare a guardare. Qualsiasi porzione di spazio vicino alla vasca riusciva a produrre un riflesso. Sulle pareti. Sulle piastrelle. Sui supporti di metallo delle scalette. E niente stava fermo. Un tremolio continuo attraversava le cose e le persone, toglieva loro una consistenza e una posizione certe. Il suono netto dei tuffi esplodeva a intervalli quasi regolari e lei si immaginava la schiuma friggere intorno alla pelle di chi si era appena buttato. E poi Alice sceglieva un nuotatore. Un nuotatore a caso, con una certa predilezione per chi procedeva a rana, e lo seguiva e respirava insieme a lui, secondo il ritmo delle bracciate, come se davvero anche lei stesse nuotando.

Ecco come si sentiva adesso. C'era un vetro e c'erano delle cose bellissime che succedevano appena al di là, ma lei poteva solo restare ferma a guardare, e non riusciva a entrare in nessun modo. Se soltanto qualcuno fosse venuto a prenderla, se solo qualcuno si fosse preoccupato di portarla oltre quel vetro. Pensò di nuovo a Chan Go seduta all'ombra dell'albero di cannella col suo coniglio, da qualche parte sulla Luna. Anche Alice se ne stava così, ma al posto del coniglio aveva un bambino.

«C'è una cosa...»

Fil e Doug alzarono gli occhi dal piatto quasi nello stesso momento.

Alice sorrise.

«Una cosa che devo dirvi, ma che non è tanto facile...»

«Be'?»

«Insomma, oggi al museo e in effetti non solo oggi al museo, ma anche adesso qui, io... ecco, mi sa che aspetto un bambino.»

Lo disse in fretta, le sembrava il solo modo, e subito dopo avvertì come una specie di spossatezza, quasi tutto d'un colpo ogni nervo e connessione nervosa e muscolo dentro di lei si fosse improvvisamente slacciato.

«Aspetti...»

«Un bambino? Ma un bambino bambino?»

«Che domanda è? Un bambino.»

«Da quant'è che lo sai?»

«Da oggi pomeriggio. Ho fatto il test e poi l'ho guardato mentre ero al Museo delle Scienze. Due lineette rosse. Vuol dire positivo.»

Doug guardò Filippo e poi Alice. Sembrava che non avrebbe mai smesso di guardare le cose una dopo l'altra. Filippo, il pollo, Alice e di nuovo il pollo. Non diceva niente.

«Lo sai chi è il padre?» domandò Filippo.

Alice fece di no con la testa.

Doug prese il coltello e la forchetta. Avvicinò il vassoio delle focacce, ne tagliò un angolo, poi ruotò appena il piatto e calcolò la grandezza degli altri due spicchi. Fece tutto con estrema attenzione. Quindi prese un tovagliolino di carta e afferrò una porzione e la diede ad Alice, la seconda per Filippo e l'ultima per sé.

Sorrise.

«È una cosa bella» disse. «Un bambino.» Poi accostò l'indice e il pollice prendendo un'immaginaria distanza di due centimetri e avvicinò la mano alla pancia di Alice. «Ecco, dovrebbe essere grande così» disse. «Più o meno come un fagiolo.»

Quella sera, prima di mettersi a letto Alice aveva infilato la mano in tasca per prendere il test e per guardarlo di nuovo un'ultima volta. Era tutto il giorno che lo portava con sé e non riusciva a buttarlo. Aveva bisogno ogni tanto di tornare a controllare il risultato, come se potesse essersi sbagliata, o come se la disposizione e il numero delle lineette col tempo potesse cambiare.

Ma non era successo, in effetti. Numero, disposizione e colore: era tutto uguale.

E allora si era infilata nel letto e si era tirata su le coperte fin sopra la testa ed era rimasta così per un tempo infinito. E poi a un certo punto aveva sentito Filippo e Doug parlare fitto fitto nella stanza accanto. Non riusciva a capire cosa stessero dicendo, perché le arrivava soltanto il suono della loro voce, ma avevano continuato a lungo, e a lei era successo come quando era bambina e abitava con i suoi genitori, che andava a dormire mentre loro restavano svegli e la casa continuava a essere abitata, si potevano ascoltare i passi, i rumori e indovinare dalle loro voci dove fossero, in quale stanza, ed era una cosa che ti faceva stare bene, ti addormentavi tranquilla, e così dopo un po', mentre Doug e Filippo di là parlavano e parlavano e parlavano, lei si era sentita scivolare nel sonno, un sonno profondo che era durato fino al mattino dopo, quando, aprendo gli occhi, se li era ritrovati davanti, che la guardavano con un'espressione dolce e un po' sconcertata, come se non sapessero bene cosa ci facesse lei lì o la vedessero per la prima volta. O almeno questa fu inizialmente la sensazione di Alice.

Parevano stanchissimi, avevano gli occhi lucidi come se non avessero dormito affatto.

«Alice, possiamo parlarti un momento?»

«È successo qualcosa? Sembrate sfiniti.»

Filippo e Doug si guardarono un momento, sorrisero e poi tornarono a guardare Alice.

«Tieni, ti abbiamo portato un caffè.»

«Grazie.»

«Sediamoci un momento, ok?»

«Ok. Ci state?»

Alice ritirò le gambe al petto perché loro potessero sistemarsi in fondo al letto.

«Volevamo chiederti che cosa...»

«Volevamo chiederti, che cosa pensi di fare, ecco.»

«Il bambino...»

Alice li guardò, prima Doug e poi Filippo e poi abbassò gli occhi e prese a tormentare il lenzuolo. Era di quello che avevano parlato la sera prima in camera? Era il suo bambino che forse li aveva tenuti svegli tutta la notte?

«Non lo so. Cioè, insomma, non lo so davvero. Io, ecco, non so di chi è e non posso saperlo. Sono gemelli. Gemelli omozigoti. Che assurdità, restare incinta di gemelli omozigoti...» Poi dopo una pausa, aggiunse: «Io ho sempre pensato che ci vuole una famiglia e insomma un padre».

Si guardò un momento la pancia. Sorrise, mentre le veniva di nuovo da piangere. «Un fagiolo, hai detto ieri sera. Grande come un fagiolo.»

«Ascolta, Alice...»

«Mi sento sola, sapete. Non mi sono mai sentita così sola. Non so cosa fare, ho paura. Insomma non so chi è il padre, e in ogni caso chiunque sia mi ci sono appena lasciata e forse non ho neanche più un lavoro. Sono posseduta da Lisa Simpson. E poi non mi sono mai pensata con un bambino. Ci sono quelle ragazze che da quando sono piccole si immaginano mamme, giocano con le carrozzine e fanno dormire i bambolotti, ma io... io non ci ho mai pensato e non riesco proprio a pensarci.»

«Ok, adesso stai tranquilla, vieni qui, respira, calmati...»

«Dai, Doug, diglielo.»

«Sì, insomma, vedi Alice, quello che abbiamo pensato...»

«Il fatto, ecco, è che Doug e io abbiamo un po' parlato

ieri sera... e, ecco, se vuoi, uno di noi due o anche tutti e due, non so se è possibile da un punto di vista legislativo, ma ecco se si può...»

«Potrebbe essere giusto per il piccolo e un po' più semplice per te...»

«E comunque abbiamo entrambi un buon lavoro e i miei gialli vendono abbastanza e ti vogliamo bene, questo lo sai, e perciò...»

«Cosa state cercando di dirmi?» domandò Alice.

«Vorremmo essere il padre, ecco» disse Filippo.

«Vorreste...»

«Sì, insomma hai capito. Occuparci del tuo bimbo, o della tua bambina, in caso il fagiolo fosse femmina...»

«Adottarlo, riconoscerlo, come si dice?»

«Portarlo a pescare, o sulle barche di Central Park, in campeggio, insegnargli quelle cose che insegnano i padri, tipo come si fa a fare un fuoco con la legna bagnata in un bosco.»

«Credete che ne potrebbe avere bisogno?»

«Be',» aveva detto Doug «un fuoco fa comodo in tante occasioni e noi siamo piuttosto bravi ad accenderlo. Io sono canadese e nella casa sul lago c'è sempre da accendere il barbecue o il camino...»

«E da pescare le trote...»

«E fare le case sugli alberi, insomma le cose da padre...»

«E tu potresti...»

«Abitare qui. In casa c'è abbastanza spazio...»

«E poi si potrebbe sempre cercare un appartamento più grande dove stare tutti, e per il tuo lavoro... magari puoi fare qualche colloquio anche alla Disney con la tua esperienza e...»

«Mi state chiedendo di sposarvi?» Alice sorrise inclinando la testa da un lato, perché anche se sapeva che era impossibile, che non avrebbe davvero potuto trasferirsi e andare ad abitare con loro e avere il bambino, ecco, anche se sapeva che era impossibile, per un attimo quella le era sembrata la cosa più bella del mondo.

E anche Filippo e Doug avevano sorriso e poi si erano guardati le mani con la fedina lucida e le avevano detto: «Bisogna assolutamente tornare da Tiffany, ti compriamo un anello uguale al nostro».

Poi, dopo un momento di silenzio in cui l'atmosfera della stanza aveva avuto un'improvvisa contrazione, una specie di assestamento – o almeno questa era stata la sensazione di Alice –, Doug disse: «A parte tutto pensaci, Alice. Noi volevamo soltanto farti sapere che ci siamo. Ci siamo sul serio, qualunque sarà alla fine la tua decisione».

«Grazie. Lo so. Voi per me ci siete sempre stati, lo so. Ed è davvero importante. Non so come farei senza di voi.»

«Dai, adesso smettila, non piangere più.»

L'avevano abbracciata e ad Alice era tornato in mente il momento in cui era arrivata a casa loro. Quanto era passato? Alla fine poco più di due giorni, e tuttavia le sembrava trascorso moltissimo tempo. Torino, la sua casa, Robi Rosi, Mattia e Gabriele, tutto appariva lontano e confuso come se ogni cosa fosse accaduta anni prima.

«Butto via?» Filippo era sulla porta e teneva in mano una carta appallottolata.

«Cos'è?»

«Non so, l'ho trovata per terra.»

«Fammi vedere... Ah sì, certo. Il volantino.»

«Che volantino?»

«Me l'ha dato un ragazzino quando sono uscita dal museo. Mi deve essere caduto ieri sera dalla tasca della giacca.»

«Sei sicura che posso buttarlo?»

«Certo. Perché me lo chiedi?»

«Dai, vieni. Lasciamola un po' in pace adesso...»

«Sì, Doug, però...» Filippo guardò di nuovo un momento il volantino come se fosse sorpreso di trovarselo tra le mani. «Il fatto è che si tratta di una convocazione per lo spazio...»

«Cosa?»

«Guarda. È per oggi pomeriggio.»

Darth Vader ti aspetta nello spazio, lesse Alice. *La forza sia con te.*

Esco e potrei metterci un po'

Sono le quattro del pomeriggio del giorno prestabilito, la Principessa Leila sta finendo di sistemarsi le forcine tra i capelli, appoggiata alla ringhiera della metropolitana di Brooklyn Bridge. Le crocchie sono perfette e lei in generale è perfetta. Qualcuno, poco dopo, la vede scomparire inghiottita dalla scala mobile.

Gli Imperiali la stanno già aspettando alla fermata successiva, mentre Darth Vader percorre i sottopassaggi di Bleecker Street.

La cosa più difficile dell'intera missione è stato pianificare la sequenza dei treni, i momenti in cui salire, scendere, cambiare linea. Gli agenti trascorreranno sottoterra le prossime ore.

A Charlie è sempre piaciuto immaginare quei movimenti sotterranei, l'esistenza parallela e corrispondente che c'è sotto la città. Da ragazzino gli faceva paura camminare sopra le grate per la strada. Si capiva da come usciva fuori l'aria, più o meno calda, che stava passando un convoglio. La terra era percorsa da una specie di fremito. C'erano delle leggende riguardo a quel luogo buio e intrecciato, che talvolta si mescolavano e sovrapponevano ai racconti del sistema fognario. Topi enormi con gli occhi rossi, veloci come saette, coccodrilli liberati da qualche eccentrico divo del cinema, specie ferocissime di pesci e serpenti acquatici. Mostri marini.

Charlie Todd e Darth Vader timbrano i biglietti e oltrepassano i tornelli.

È come essere sprofondati dentro una specie di gelatina, pensa Zadie, e le distanze cambiano di continuo. Illusioni ottiche. Nei rari momenti in cui il vento diminuisce d'intensità, tra una raffica e l'altra, tutto appare talmente luminoso che diventa difficile rintracciare i contorni delle cose.

Zadie riesce a intuire gli steccati, i cespugli e le costruzioni soltanto da certi lampi che increspano la superficie dell'aria, un cambio di consistenza, un bagliore improvviso. Poi il vento ricomincia a ululare.

È entrata all'altezza della Sessantacinquesima come stabilito; quindi, raggiunta la West Drive, ha preso a percorrerla in direzione sud-sud ovest. Fra poco la strada piegherà a est, e una volta attraversato tutto il lato più meridionale Zadie potrà risalire e dirigersi verso nord.

La decisione di percorrere l'intero anello non ha del tutto senso dal momento che la meta finale è il Lasker Pool, ma in quel modo il giro di Central Park sarà completo. Il West Drive, inoltre, è un viale largo e ben segnato, il fondo compatto nonostante la neve che continua a cadere. Il cielo ha già assunto un colore più azzurro, il che significa che il sole è basso e tra poco tramonterà. Infatti i lampioni si sono accesi, e oltre le colline, oltre la distesa degli abeti e dei platani più alti e delle querce, anche le finestre dei palazzi e le strade si illuminano, e da Manhattan si solleva un chiarore diffuso che fa sembrare il parco ancora più buio.

All'entrata, mentre alle sue spalle passavano i mezzi dei

pompieri e del soccorso stradale, Zadie ha avvertito come una morsa che la stritolava da dentro, come se qualcuno le avesse affondato una mano tra le viscere e gliele avesse strizzate. Niente le era mai sembrato tanto pauroso come quella distesa desolata e brillante con gli alberi carichi di neve che si intrecciavano tra loro creando cunicoli dall'aspetto incantato. Ha pensato – se lo ricorda perfettamente – che una volta imboccata una di quelle gallerie sarebbe stato impossibile tornare indietro.

E ora ecco le luci di Manhattan, segno che i minuti stanno scorrendo molto più veloci del previsto. Anche la neve viene giù in modo più vorticoso. La mancanza di coordinate spaziali precise sembra sortire effetti anche sul tempo, che diventa via via meno prevedibile, prende a frastagliarsi, accelera e si sfrangia.

Se continuerà il giro come progettato sulla carta, non riuscirà mai ad arrivare alla fine dell'esplorazione in due ore. Solo adesso si rende conto che procedere in mezzo alla neve fresca è faticoso e che sta andando più lenta di quanto avesse immaginato. Tira fuori dallo zaino la pila e la mappa del parco e torna a studiarla più attentamente. Ci sono delle scorciatoie, tagliano il falsopiano da parte a parte, e Zadie sa che prendendo qualche sentiero più stretto e ripido si potrebbe ritrovare dall'altro lato della Sheep Meadow in men che non si dica. Certo, dovrà abbandonare la strada più larga e sicura, ma ha con sé la bussola e la cartina. Riprende la roba e con la pila accesa lascia la West Drive per un viottolo laterale che sale il fianco di un monticciolo. Dopo qualche metro si inginocchia per costruire la prima piramide di neve, come la squadra di Scott. Serve a segnare i passaggi, in modo da ritrovare la strada al ritorno.

Poi si rimette in cammino e quasi subito prende un'altra deviazione e un'altra ancora seguendo l'ago della bussola che segna il nord. Dopotutto è abbastanza semplice, basta andare avanti sempre da quella parte, ma all'improvviso il sentiero che sta percorrendo scompare nel nulla e Zadie si ritrova di fronte a una distesa di neve spessa e uniforme. Potrebbe essere la superficie di un lago o un corso d'acqua. Ricorda che quella parte del parco è attraversata da diversi ruscelli più o meno larghi che d'inverno si ghiacciano. La mamma, quando la portava lì a giocare, glielo diceva sempre di non avvicinarsi, di stare attenta, perché la lastra era molto più sottile di come sembrava e soltanto in apparenza solida, e se la toccavi si rompeva e tu potevi caderci dentro e l'acqua sotto era gelata.

Quattro minuti, il mio record di resistenza, quattro minuti, ripete tra sé Zadie, e poi allunga un piede e tasta lo strato di neve e poi fa un altro passo in avanti.

Alice sta scendendo le scale dell'appartamento di Filippo e Doug. Nell'androne gli uomini delle pulizie la guardano passare. Uno sta spostando degli scatoloni di cartone, mentre l'altro pulisce le cassette della posta con un piumino che cerca di passare negli angoli tra il vetro e il legno. Il pavimento è appena stato lavato e lei non vuole calpestarlo, perciò si obbliga a fare un giro strano costeggiando il muro. Quando esce in strada, un colpo di vento le scopre la testa. Si rimette il cappuccio e tira su la zip fin quasi sotto il naso per evitare che la cosa si ripeta. A un tizio, proprio di fronte ad Alice, si è fermato lo scooter, e sta cercando di spingerlo avanti e indietro per liberare la ruota. E c'è un cane che ha più o meno lo stesso problema. Il padrone lo chiama, ma quello non sembra più volersi muovere, la neve gli arriva all'altezza della pancia.

I semafori lungo la strada oscillano quando arrivano le raffiche più forti. Manca meno di un'ora.

Sa tutto sul freddo. Sa che nell'Antartide gli ingranaggi possono congelarsi e l'olio si fa denso come il catrame e l'acciaio friabile; che certe rane per superare l'inverno diventano di ghiaccio e in primavera si scongelano; che un uovo di pinguino si può mangiare anche un anno dopo da quando è stato deposto; e che alcuni scoiattoli vanno in letargo sottoterra, ma ogni tanto escono e rabbrividiscono per tutto il giorno.

Sa che un certo biscotto veniva trasportato ai limiti del mondo nelle scatole da imballaggio della Huntley & Palmers, mentre la Cooper & Co. forniva tè e cacao; e nella spedizione Discovery, quella di Shackleton, gli esploratori avevano con sé un pianoforte e l'Enciclopedia Britannica. E due apparecchi telefonici e i cavi necessari per collegare capo Evans con Hut Point.

Sa che la nave di Shackleton era rimasta incagliata nel pack e che il capitano aveva scoperto il rapporto tra le aurore boreali e i disturbi sulle linee telegrafiche australiane.

E avevano le posate d'osso e i lumi d'acetilene e le tempere per Wilson, il compagno più fedele di Scott, che durante la marcia si segnava sugli schizzi i colori e poi ce li aggiungeva dopo, quando si erano finalmente accampati.

E che le sterne, per sfuggire all'inverno, volano per ventimila chilometri dall'Artide all'Antartide e poi tornano indietro la primavera successiva, e sa che nell'arco di una vita ogni sterna copre una distanza equivalente a un viaggio di andata e ritorno dalla Luna.

Sa che quando la temperatura interna scende a 35° le persone tremano in maniera incontrollata e prendono a essere polemiche, e che certi bruchi dell'Artide ci impiegano dieci anni per diventare farfalle notturne.

E sa che le ferite non si rimarginano con il freddo. Evans, una specie di colosso, l'uomo più forte al seguito di Scott, era morto in quel modo, per un taglio al dito o qualcosa del genere.

Zadie sposta un momento la muffola di lana e guarda la sbucciatura che si è procurata poco fa quando, sentendosi sprofondare, ha afferrato un ramo, e una spina le si è conficcata nel palmo della mano attraverso il guanto. Non è niente, appena un punto più rosso, un'escoriazione, si sta soltanto lasciando suggestionare.

Darth Vader cammina proprio sul ciglio dei binari. I tubi al neon gettano balenii quasi bianchi sulla sua maschera, identici ai riverberi che mandano le rotaie. Il Signore del Male sembra fatto dello stesso materiale metallico di quell'universo sotterraneo, ne è diventato parte appena sono scesi là sotto. Se gli si avvicina, Charlie Todd può sentire il suo respiro dietro la maschera. Da qualche parte la Principessa Leila sta per essere rapita.

Lungo il soffitto corrono enormi tubi in acciaio. Devono essere parte del sistema di riscaldamento, ma adesso la loro natura è diventata spaziale, pensa Charlie, così come il colonnato di ferro e le luci blu dei semafori. Ci sono scie elettriche, soffi, echi, c'è Darth Vader che aspetta. Una signora seduta in fondo al marciapiede non ha mai alzato gli occhi. Spera che non succeda niente, spera di non essere coinvolta.

La galleria si riempie di vento. Un corridoio d'aria fredda

e compatta che precede il convoglio. Il mantello del Signore del Male si solleva di lato e si gonfia, nero e lucido. Il suo respiro si fa più serrato, una specie di rantolo.

I fari bucano il buio, c'è il rumore dei freni e poi le porte si spalancano. Il treno che prenderà Darth Vader sarà il prossimo. Il tabellone luminoso segnala un'attesa di sei minuti ancora.

Charlie stringe più forte la sua spada laser.

Adesso affonda fino alle ginocchia e ogni passo sembra più faticoso del precedente, la neve le è entrata negli stivali, i piedi sono completamente fradici e freddi. Non sa più precisamente dove si trovi, secondo i suoi calcoli dovrebbe essere abbastanza vicina alle rive del lago più grande, ma gli alberi sono fitti da questa parte e i lampioni restano comunque lontani dal tragitto. Zadie li vede a intervalli oltre gli avvallamenti e le discese, bolle gonfie di neon – o di qualche altro gas fluorescente e gelato – che non illuminano niente, ma rilasciano soltanto a mezz'aria un alone bianco e spettrale. Si ferma un momento, la distesa sembra non finire mai di fronte a lei, la neve adesso cade di traverso creando nell'aria una specie di nebbia che rende sempre più difficile distinguere le cose. Continua a procedere cercando di capire dove il pianoro che sta attraversando incroci di nuovo la strada principale. Il bosco intorno è buio e il cielo preme scuro sopra gli abeti e le querce. Si sentono dei rumori. Rumori come di cose che corrono o strisciano o si nascondono.

Alice è appena arrivata a Times Square. Scende nella metro, e lungo la scala e i corridoi e nell'androne – un po' dappertutto – c'è qualcuno che stringe una spada laser.

Sono uomini in abiti eleganti, ragazzini e qualche signora. C'è una ragazza che sta parlando al telefono e agita il fascio di luce di fronte a sé. E un tipo che mentre mangia patatine fritte tiene la spada sulle ginocchia, e un altro che legge il giornale e utilizza il laser per vederci meglio.

Alice si guarda intorno, cammina e non sa cosa fare. Passa di fronte a un ragazzo e questo forse la vede un po' spaesata, e allora le dice che se è venuta per Charlie e non ha ancora una spada deve andare in fondo, è là che le consegnano.

E allora Alice va verso il punto che le è stato indicato, dove trova un tizio con degli scatoloni. Si avvicina e il tipo non batte ciglio, è normale che Alice gli chieda una spada, lui ne ha ancora, ma forse non basteranno, dice il tizio, perché nessuno credeva che con questa nevicata si sarebbe presentata all'appuntamento tanta gente.

«Bello l'effetto, vero?» le domanda il tipo.

Alice si volta. Guarda la galleria della metro percorsa dalla scia luminosa e fa di sì con la testa.

«E tu sei perfetta con quel giubbotto.»

Ha indossato la sua giacca preferita, quella grigio argento che sembra davvero della Nasa.

Stamattina quando Filippo e Doug dopo averle parlato l'hanno lasciata sola, si è seduta sul letto, con le gambe a penzolare nel vuoto ed è rimasta così per un po' e ha ripensato a tutto, il test, il museo, la proposta dei suoi amici, e le è sembrato come quando ti svegli in piena notte dopo aver fatto un sogno e non riesci a venirne completamente fuori e poi ha visto il volantino. Era lì, sulla scrivania, dove l'aveva messo Filippo prima di andarsene. *Darth Vader ti aspetta nello spazio.*

Ci ha pensato moltissime volte a quella cosa. Conrad, Shepard, Bean. Erano piloti dell'aeronautica, erano addestrati, coraggiosi, estremamente competitivi. Andare sulla Luna era l'apice della carriera, venivano ammirati, idolatrati e avevano quella camminata indolente e sicura mentre salivano sul razzo, tenendo il casco in mano, quasi si muovessero già senza percepire alcun attrito, quasi scivolassero nell'aria.

La lentezza con la quale si muovevano nelle loro meravigliose tute bianche, che parevano risplendere, era pari soltanto alla loro eleganza. E poi decollavano, bucavano l'atmosfera, arrivavano a destinazione, scendevano dalla navicella sul suolo lunare, e a quel punto?

A quel punto mangiavano gli spaghetti. O ballavano *Garota de Ipanema* o si sistemavano a gambe larghe nello spazio per tirare un putt.

Perché?

Alice non era mai riuscita a capirlo. Non l'aveva mai capito fino a stamattina quando ha visto il volantino.

Ecco perché andavano sulla Luna – oh certo, c'erano di sicuro anche tutte le altre ragioni più nobili, patriottiche e scientifiche –, ma Alice adesso sospettava che il motivo più profondo, più segreto, che non avrebbero mai confessato a nessuno, fosse proprio quello: provare a fare cose terrestri nello spazio.

In assenza di gravità arrotolare degli spaghetti intorno a una forchetta diventava un atto quasi leggendario, che richiedeva tutta la loro concentrazione e sensibilità.

Non poteva distrarsi Bean, era riuscito a isolare completamente un unico gesto. Era come fare una cosa per la prima volta, era straordinario, sorprendente, riuscire di nuovo a sentire d'un tratto tutta l'inaspettata bellezza che c'è nel mangiare un piatto di spaghetti.

E Alice allora aveva pensato che sarebbe potuto succedere anche a lei. Che magari se seguiva le istruzioni e andava fino alla fermata della metropolitana – nello spazio – forse sarebbe riuscita a recuperare quella specie di stupore, a sentire di nuovo dentro di sé la vita come una cosa forte e, in assenza di gravità, ogni suo gesto di nuovo importante, necessario, stupefacente.

E forse alla fine avrebbe capito persino cosa fare, in un'atmosfera più rarefatta, senza rumori di fondo, in un angolo abbastanza buio da lasciarti il tempo di pensare.

E allora Alice si è alzata, si è vestita e prima di uscire si è infilata il giubbotto argentato e per un po' lungo la strada ha continuato a pensarci. Al piatto di spaghetti di Bean.

E alla pallina da golf di Shepard. Magari nel frattempo è diventata una specie di meteora o un satellite con un'orbita precisa da compiere a intervalli regolari nello spazio. Magari, ha pensato Alice, mi sta passando sopra proprio in questo momento. Si può esprimere un desiderio se si vede in cielo una pallina da golf?

Il tipo le sorride.

«Ma cosa dobbiamo fare?»

«Aspettare» dice il tipo «fino al segnale.»

Alice non sa cosa significhi, non ha idea di quale possa essere il segnale.

Darth Vader ti aspetta nello spazio.

La forza sia con te.

Il fatto è che non si ricorda quasi niente della trama di *Guerre Stellari*. C'erano il Bene e il Male, ma quelli ci sono quasi sempre, e c'erano i robot e le astronavi e uno con le orecchie a punta. Si mette in un angolo, il ragazzo accanto a lei sta facendo ruotare la spada come se fosse il bastone di una majorette e canticchia, mentre un signore distinto che ha tutta l'aria di essere un professore ha qualcosa che non va con l'interruttore, il suo laser si accende e si spegne, lui lo scuote e sembra contrariato.

Sì, lo so, tu non mi conosci, ma io sì, ti conosco da moltissimo tempo, le ha detto il tizio al Planetario. Perché le viene in mente proprio adesso, in mezzo alle spade laser? E poi le ha detto che si chiama Jason e, sempre da moltissimo tempo, pensa a lei.

È strano. Alice sa che probabilmente Jason non stava davvero pensando a lei, ma a qualcuna che le assomigliava abbastanza da poterle confondere, magari sul serio la ragazza dello spazio. E però nello stesso tempo, più torna al momento in cui lo ha incontrato, più le sembra inevitabile che sia vero. Inevitabile per come lui glielo ha detto. Era convinto, era sicuro, e quella specie di certezza l'ha come contagiata, è passata attraverso la sua pelle e si è incastrata in un luogo profondissimo dove adesso è impossibile andarla a stanare. E da laggiù continua come a mandare bagliori.

Essere pensati da qualcuno, pensati da qualcuno che sta all'altro capo del mondo, per tutto quel tempo. Alice per un attimo prova a immaginare se stessa pensata da Jason.

L'ha pensata mentre dormiva? Oppure appena alzata la mattina di fronte alla sua tazza di caffellatte, o l'ha pensata mentre camminava per strada? L'ha pensata triste, arrabbiata? O la pensava bere l'acqua dalla bottiglia, o provare a infilarsi le scarpe, o cercare le chiavi.

O mangiare un piatto di spaghetti.

L'aveva mai pensata Jason mentre lei mangiava un piatto di spaghetti?

In tal caso sarebbe diverso.

Perché è scappata via il giorno prima?

Perché aspetta un bambino.

No, non è vero. Se n'è andata perché ha avuto paura. Come al solito.

E però adesso le piacerebbe. Probabilmente le piacerebbe che Jason la pensasse, così, in questo preciso momento, e poi le piacerebbe che lui la trovasse, proprio come ha fatto il giorno prima al museo. Le piacerebbe scoprirlo di nuovo appoggiato al muro che la sta disegnando di nascosto.

Jason finisce di bere il caffè. Nel bar, oltre a lui, c'è soltanto un orientale, forse giapponese o forse di un altro posto. È grasso, porta una maglietta a maniche corte e mangia un gelato nonostante fuori ci sia tutta quella neve.

Il posto è di quelli con i tavolini in formica scheggiata, i menù plastificati e sempre leggermente unti. Sarà passata mezz'ora da quando Jason c'è entrato. O forse di più. A dire la verità, tutto quello che è successo nelle ultime ore gli appare confuso. Si ricorda che la sera prima è tornato a casa, si ricorda che c'era Zadie sulle scale e che deve avergli detto qualcosa, e che lui non è neanche riuscito a risponderle; stava per farlo, ma poi non gli veniva niente e allora ha soltanto alzato la mano. Si è arreso. Se avesse avuto una bandiera bianca con sé l'avrebbe sventolata. Come dire basta, come dire non ho altro da aggiungere. Come dire non mi toccare, non mi abbracciare, non parlarmi o altrimenti sentirai un rumore di vetri rotti, qualcosa del genere, e sarò io che vado in pezzi.

Si ricorda di essere entrato in casa e di aver postato il disegno della Ragazza. Di spalle. Che quando si guardano le spalle di qualcuno, vuol dire che se n'è appena andato. E si è sdraiato sul letto, ha chiuso gli occhi e poi basta.

Da lì in avanti il tempo nella sua testa diventa un blocco unico di cui non c'è modo di distinguere la forma. Non ci sono più i secondi né i minuti e né tantomeno le ore. Forse a un certo punto si è addormentato, dev'essere successo, un sonno buio, senza sogni. Il mattino dopo ha deciso di uscire perché lui esce sempre almeno una volta al giorno. Gliel'ha insegnato sua madre, per non farsi sopraffare, gli ha detto. E allora lui si è messo la sciarpa rossa, quella che gli ha fatto lei ai ferri.

Mentre usciva è passato davanti all'appartamento di Zadie. Per un momento si è domandato se sua zia se ne fosse già andata lasciandola sola; ha provato a immaginarsela nell'appartamento che faceva i suoi esperimenti con la vasca piena di acqua fredda e cubetti di ghiaccio e questo l'ha fatto sentire così triste, ancora più triste di quanto già non fosse.

Ieri sera Zadie deve avergli bussato sul muro, ma lui non ha risposto. Non aveva voglia di parlare, né con lei né con nessuno. Non ha voglia di sentire più la propria voce. Vuole diventare come i suoi disegni. I disegni non dicono niente. Stanno lì e basta.

In tasca ha quello della Ragazza, non sa neppure perché se lo stia portando dietro. Lo tira fuori, lo poggia sul tavolino di formica scheggiata e lo guarda un momento, poi lo rimette dov'era. D'ora in avanti soltanto fossili, uccelli e scheletri di dinosauri. E sassi, i suoi disegni pieni di sassi vendono bene. La gente ci trova qualcosa che le assomiglia. Farà soltanto quello, d'ora in avanti. Non cercherà più nessuno.

Chiama la cameriera, paga e si dirige verso il Museo di Scienze Naturali.

Da qualche parte sottoterra la Principessa Leila è troppo assorta nella lettura del suo giornale per accorgersi che gli Imperiali sono saliti nel vagone e stanno andando verso di lei.

Si tratta di un'edizione per Principesse che si intitola *Galactic Rebellion for Dummies*. Poco fa un uomo con un giubbotto beige imbottito di pelo si è sporto verso di lei per leggere. Un altro si è limitato a fissarla per un po' continuando a mangiare il suo hot dog.

Guarda di nuovo l'ora. Da quando si è accorta di quella specie di scarto tra la propria impressione e il reale scorrere del tempo, Zadie torna a consultare il suo Swatch a intervalli regolari. Adesso sono quasi le cinque, un paio di minuti alle cinque, e per un momento lei pensa che da qualche parte là fuori deve esserci Jason. Poco prima che la zia se ne andasse al ristorante l'ha sentito scendere le scale. Da ieri non ne ha saputo più niente, ha provato a bussare sul muro ma lui non le ha risposto, sulla sua pagina non ha trovato nessun nuovo disegno, continuava a esserci soltanto La Ragazza Col Cappello Da Fantino di spalle.

Chissà, magari anche lei sta attraversando una strada o entrando in un negozio a pochi isolati da lì. Il Museo di Scienze Naturali, dove Jason l'ha incontrata il giorno prima, non è lontano dal parco. Lui non la sta più cercando e forse neppure ci pensa più.

Zadie se lo immagina in mezzo alla bufera, una figura scura e piccola persa in tutto quel bianco, con un blocchetto da disegno in mano e il cuore infranto.

Potrebbe chiamarlo, dirgli quello che sta accadendo, che in effetti ha provato a prendere una scorciatoia e che però non è più tanto sicura di farcela da sola, che la neve è più alta del previsto e ci sono troppe macchie di vegetazione scura e intricata che la costringono a modificare continuamente la traiettoria e che forse si è smarrita, perché non riesce più a guardare la bussola a ogni svolta e non sa se davvero sia andata sempre a nord, e che magari, ecco, Jason potrebbe raggiungerla lì nel parco, cercarla, riportarla a casa.

Ma ora è sicura che lui abbia scoperto tutto e ce l'abbia con lei. Con lei che gli ha scritto la mail falsa e che alla fine, per i disguidi del tempo e dello spazio, gli ha fatto persino incontrare davvero La Ragazza ed era meglio se non succedeva. Così, si immagina Zadie, se adesso lo chiamo magari neanche mi risponde, vede il mio numero e non mi risponde, come ha fatto ieri quando ho bussato sul muro. Jason rispondeva sempre quando lei bussava sul muro, ma ieri sera no.

Prende il cellulare, il display rilascia intorno una luce verde e fredda, lei cerca di non pensarci e compone il numero, aspetta, ma dall'altra parte non arriva nessun suono e dopo qualche istante l'apparecchio emette una scala di note vicine che – Zadie lo sa – è il segnale di quando non c'è campo e il telefono non prende. Forse è questo punto del parco, o forse la tempesta. Durante i temporali le linee telefoniche possono andare in tilt e non si riesce più a chiamare nessuno. O forse Jason ha staccato il telefono. Apposta per lei.

Ed è a questo punto che Zadie si rende conto di una cosa a cui fino adesso non ha pensato. Questa sera, quando rientrerà a casa, Jason non busserà alla parete. Molto probabilmente si limiterà a mettersi davanti alla tv proprio com'è accaduto ieri. E perciò neppure si accorgerà che Zadie non è in casa, e per quanto riguarda la zia, figuriamoci, la zia tornerà soltanto dopo mezzanotte. E anche dopo mezzanotte nessuno potrà scoprire dov'è andata, perché Zadie si è portata dietro il diario, ovviamente, e per il resto non ha lasciato tracce a parte un messaggio. Che però è in codice, per così dire, e di sicuro non permetterà né alla zia né a chiunque non sia ferrato in materia di esplorazioni antartiche di localizzarla. Zadie ha scritto *Esco e potrei metterci un po'* su un biglietto che poi ha piegato in quattro e messo vicino alla cartina di Manhattan. Una frase storica, a dispetto della sua banalità. *Titus* Oates, uno dei compagni di Scott, la pronunciò poco prima di uscire dalla tenda e avventurarsi nella neve da solo. Aveva i piedi congelati e nessuna speranza di farcela. *Esco e potrei metterci un po'*. A ripensarci, quel biglietto non era stata una grande idea. La zia non lo capirà, e se il cellulare continua a non funzionare nessuno mi verrà a prendere, pensa Zadie, e la ferita potrebbe non rimarginarsi, e i piedi presto daranno i primi segni di congelamento, le dita diventeranno più piccole, rinsecchite, nere e poi cadranno, e lei sarà irritabile e poi confusa, e si ritroverà a girare in tondo senza riuscire mai più a venire fuori dal parco.

Succede sulla Columbus. Jason vede qualcuno. Nel complesso è un tipo normale, indossa un piumino, una sciarpa, un cappello, e però non c'è alcun dubbio. Quello ha una spada laser. Cosa ci fa uno sulla Columbus con una spada laser?

Jason pensa che non dovrebbe occuparsene, lasciar perdere e andare al Museo. Se l'è ripromesso appena un attimo fa, di concentrarsi soltanto sui sassi e di lasciar stare una volta per tutte le persone, che sono troppo complicate e inaffidabili e sostanzialmente imprevedibili, e questo tizio ne è la chiara dimostrazione. Una spada di *Guerre Stellari*, che sciocchezza. E tuttavia più Jason lo guarda procedere verso l'entrata della metro, bloccarsi di fronte alla vetrina di un negozio e provare qualche fendente, più si sente afferrare da una specie di euforia. Una cosa che adesso non c'entra niente, pensa, adesso che sta male, che è triste, disperato; adesso che il suo progetto è fallito e La Ragazza perduta per sempre, adesso non c'entra quella eccitazione. E però vorrebbe avvicinarsi, vorrebbe avere il tempo di buttare giù almeno un ritratto veloce. Il tipo prende la scala mobile e sparisce sottoterra. Jason resta un momento ancora a guardarlo, poi riprende a camminare verso il museo.

Ma alla fine si blocca di nuovo, si mette a correre, scende nella metro. Eccolo, è lui. Lo segue, cerca di non perderlo d'occhio. Il tipo si volta, forse se n'è reso conto, cammina più in fretta. Jason scarta due signore, sorpassa un controllore, salta il tornello e si mette a correre. Gli arriva da dietro. Il tipo si gira, lo guarda con l'aria di chi non capisce.

Jason ha il fiatone. Gli chiede: «Dove stai andando? Con la spada. Perché hai una spada laser, dove vai?».

Il tipo guarda Jason, guarda la spada, poi di nuovo Jason e risponde: «Nello spazio, ovviamente».

Tutto scricchiola, crepita, schiocca. Il legno degli alberi si sta spaccando, da un momento all'altro un tronco cadrà e lei ci rimarrà sotto.

Continua a procedere, ma è stanca, impaurita, ha freddo. I suoi vestiti sono completamente fradici e gelati, sono diventati pesanti e nelle scarpe le è entrata dell'acqua, la lana bagnata le sfrega sopra la pelle e le dita dei piedi quasi non le sente più. Di fronte a sé, al fondo della forra, vede aprirsi uno spazio chiaro, non troppo largo, che spezza la distesa di neve. Potrebbe trattarsi di un avvallamento o di un fosso ghiacciato, ma avvicinandosi Zadie si rende conto che invece è una strada, un viale più ampio, forse il Terrace Drive, e in tal caso basterà seguirlo per trovare l'uscita sulla Quinta Avenue, e da lì dirigersi fino al Plaza e poi girare tutto intorno e tornare verso casa.

Ma Zadie non è affatto dalle parti del Terrace Drive. Senza accorgersene ha deviato verso est e più di una volta ha perso l'orientamento, così adesso si trova poco distante dal Willowdell Arch, una galleria che per quanto breve appare bassa e in qualche modo spaventosa, di notte. Circondata da una serie di murate in sasso, resta sotto il livello del terreno e sembra sprofondare ancora di più nell'oscurità. Quella è la parte rocciosa del parco, dove si sollevano le sagome scure del granito e dove il suolo diventa ripido e scosceso e ci sono delle fenditure, dei tagli, dei crepacci sotto lo strato pesante di neve.

Qualcuno grida: meno uno!

È il tempo di attesa per il prossimo treno, il tabellone luminoso dice che manca un minuto. Forse è il segnale, pensa Alice.

Si avvicina al binario. Due signori sui cinquanta stanno combattendo e fanno cozzare le spade. Nell'aria si vedono queste improvvise strisciate luminescenti. Arriva il vento freddo e tutti si voltano dalla parte della galleria e quasi subito appaiono le luci del primo vagone.

Il treno rallenta e si ferma e le porte si spalancano con un soffio e al centro del marciapiede scendono gli Imperiali, tengono Leila uno per lato e la spingono per farla camminare. Subito dietro Darth Vader, altissimo e potente. Sembra fatto di buio. Alice si sente toccare sulla spalla. Si volta, esattamente nell'attimo in cui la stazione di Times Square sprofonda nell'oscurità.

L'aria intorno all'improvviso è diventata di pietra, una pietra nera, che ti sembra di avere a pochi millimetri dal naso. Aveva appena raggiunto la strada quando è andata via la luce, e i lampioni del parco si sono tutti spenti insieme, con un sibilo effervescente, dopo di che Zadie non è più riuscita a vedere niente e si è resa conto quanto quella che lei aveva pensato come oscurità poco prima fosse una cosa molto relativa. Il chiarore dei viali e, oltre gli alberi, la fluorescenza fissa di Manhattan non avevano mai davvero permesso alla tenebra di inghiottire le cose; fino a quel momento tutto si era svolto in una penombra verde azzurra. Adesso invece è come se l'aria fosse diventata inchiostro.

Zadie prova a fare ancora qualche passo, ma il fascio della pila non riesce a illuminare che una porzione molto piccola e ravvicinata di spazio. Al massimo, puntandola a terra, può vedersi i piedi e il prossimo punto in cui li appoggerà, nient'altro. Si ricorda a grandi linee che cosa c'era intorno a lei prima che andasse via la luce, si ricorda di aver raggiunto una strada più grande, anche se non era transitabile e quindi non poteva essere il Terrace Drive. Una strada più bassa rispetto al terreno che procede lungo un muro. Per un momento ripensa alla struttura di sasso e al muschio che ci cresce sopra, viscido, su cui scorre l'acqua in rivoli fini e terrosi, e cerca di tenere il centro della strada per non finirci contro. Adesso i fiocchi di neve sono la sola cosa che si può distinguere; quando Zadie solleva la torcia splendono bianchi, leggeri davanti a lei. La loro bellezza non riesce a smettere neppure in quel momento, e in uno strano modo che Zadie non saprebbe spiegare, questo la fa sentire ancora più disperata.

Non si è mai trovata in una situazione simile, è come al cinema quando si spengono le luci ma il film non è ancora iniziato, o come nelle cuccette dei treni in galleria, o come quando ti lasciano al buio per portarti la torta con le candeline. Una cosa del genere, dove l'oscurità sembra avere a che fare con l'attesa.

Qualcuno l'ha toccata sulla spalla. Un tocco breve, che lì per lì le è sembrato casuale, ma poi si è ripetuto un'altra volta e un'altra ancora.

Adesso si dovrebbe girare, non può continuare a far finta di non accorgersene. Stringe il manico della sua spada spaziale e la solleva a mezz'aria, neanche lei sa bene perché, e poi piano piano si volta.

Un ragazzo le sorride illuminato dal laser.

È una sensazione strana quella che avverte Alice quando lo riconosce. No, non è sorpresa. Forse perché ci ha pensato poco fa o forse c'entra con quello che le ha detto lui al Museo delle Scienze, che loro due sono come collegati, che ci sono dei fili, delle scie luminose che li tengono insieme. Magari è vero. Adesso almeno, per via delle spade, sembra proprio così.

«Ero sicuro che saresti venuta» dice Jason. «Dove c'è lo spazio, pianeti e stelle, di solito ci sei. Anche alla Grand Central Station. Ci ho pensato soltanto dopo. Il soffitto è pieno di stelle. Ti ho portato il disegno.»

Le allunga il foglio di carta. Alice lo guarda. C'è lei e tutti i pianeti intorno.

È un effetto collaterale delle performance di Charlie Todd, Jason lo sa, in questi due anni ha partecipato tutte le volte che ha potuto nella speranza di incontrarla, e succede sempre così, dopo un po' uno non capisce cosa sia vero e cosa no, e allora diventa più facile. Facile sparare con una pistola ad acqua, salire in metro senza i pantaloni, farsi inseguire da un toro di gommapiuma, cantare in un supermercato. Baciare una ragazza.

Non sa neppure ancora il suo nome. Sa soltanto che le piacciono i pianeti, le stelle, gli asteroidi e che piange facilmente. Adesso la sta tenendo stretta tra le braccia e tra un secondo la bacerà. La continuazione del suo progetto, *Every Person in New York*, è così che va avanti, che lui le dà un bacio e poi la sposa e poi passa con lei il resto della sua vita. E allora come mai non succede? Perché non la bacia? Cosa aspetta?

Ci sono io, e tutti i pianeti intorno. Alice pensa che qualsiasi cosa stia per succedere dovrebbe impedirla, finché è ancora in tempo.

Dovrebbe fermare Jason, e dirgli che due anni fa non era lei alla Grand Central Station e che si sta sbagliando, non è lei che ha cercato per tutto questo tempo e non è lei la ragazza di cui è innamorato. Ed è una vera fortuna alla fine, dovrebbe dirgli, perché tra tutte le altre cose, c'è anche il fatto che al momento sono un po' incinta. E se non bastasse, non so esattamente chi sia il padre, perché sono stata nello stesso periodo con due ragazzi e il caso ha voluto che questi due ragazzi fossero gemelli. Omozigoti. Perciò lasciami perdere, Jason. Ma al buio l'esistenza delle cose diventa così incerta, ci sono, non ci sono più. Ti sembra di vederle e scompaiono, ti sembra di pensarle e ti sfuggono.

La gente sta andando verso l'uscita. Tengono le spade sopra la testa in modo da fare un po' di luce. Charlie Todd si è messo sulla scala e parla nel megafono come fa sempre durante le sue performance. Dice a tutti di stare tranquilli e di camminare lentamente e con la telecamera riprende la scena pensando che davvero sembra un film di fantascienza: Darth Vader guida le operazioni di uscita, la sua voce metallica rimbomba nella galleria; gli Imperiali e Leila fanno scorrere le persone in ordine; tutti i passeggeri della metro procedono in fila stringendo il laser sollevato in aria.

In qualche modo Charlie ce l'ha fatta a risolvere il buio. Ce l'ha fatta a diminuire al massimo la concentrazione di realtà nell'aria.

Qualcuno, mentre aspetta di uscire, si sta facendo fotografare con Darth Vader; qualcun altro chiede l'autografo a Leila; un bambino si è fatto prendere in braccio e disegna figure immaginarie nell'aria.

Ecco, sta per concludersi tutto. Tra qualche istante, quando l'ultimo partecipante sarà uscito dalla metro, la realtà tornerà a prevalere. Ma in fondo alle scale ci sono ancora due ragazzi che non si decidono a uscire. Lui ha una sciarpa rossa, lei un giubbotto argentato che sembra arrivato dritto dallo spazio. Chissà perché, pensa Charlie, finisce sempre così.

Il ragazzo e la ragazza si avvicinano.

Finisce sempre così, che qualcuno si bacia.

Zadie allunga il braccio davanti a sé e fa un altro metro e pensa che un tempo camminava tastando l'aria di notte per andare nel letto della mamma. Se faceva qualche incubo o non riusciva a dormire la chiamava, e lei subito rispondeva. Sembrava che la mamma fosse sempre sveglia ad aspettare che lei la chiamasse. Posso venire mamma?, sussurra Zadie, e si sente stupida e le viene da piangere.

Durante il tragitto ha provato ancora a telefonare a Jason, ma continua a non esserci campo.

La squadra non deve mai perdere la fiducia, è fondamentale non perdere la fiducia, poi lo dice a voce alta: «La squadra non deve perdere la fiducia. La squadra non deve perdere la fiducia. La squadra non deve perdere la fiducia».

La sua voce risuona più alta del solito, un po' più acuta in mezzo a tutto quel buio silenzioso.

Il morale è tutto ed è importante tenerlo sempre alto.

La luce tornerà. Torna sempre. Quando ci sono i temporali e salta la corrente, non si fa neanche in tempo a prendere le candele che alle volte già torna, la luce.

Zadie continua a camminare, procede a piccoli passi, aiutandosi con la torcia. Non deve fermarsi, se si ferma può addormentarsi e svenire nel sonno.

Poco prima, quando i lampioni erano ancora accesi, ha notato che dietro alla galleria si scorgevano i grattacieli illuminati, e così Zadie ha pensato che una volta superato il tunnel avrebbe finalmente raggiunto il confine del parco.

Non sembrava molto profondo, appena un arco, come a Central Park ce n'erano tanti. Zadie con la mamma ci passava sempre sotto, le piaceva d'estate perché ci si infilava l'aria creando delle correnti più fredde e un'ombra piacevole, e qualche volta c'era passata anche d'inverno e aveva pensato che era come attraversare un canalone di quelli descritti dagli esploratori. E però adesso ha paura, e quando la pila inquadra la bocca della galleria lei si blocca. Ha provato a non pensarci, ha scacciato quell'idea ogni volta che se la sentiva formare in testa. Non ha pensato né agli animali che strisciano nell'erba di notte, né a certi tipi che si incontrano nel parco e che ti urlano dietro delle frasi senza senso e ti guardano strano. E adesso, invece, di fronte all'imboccatura, tutta questa roba che è riuscita a tenere lontana le torna in mente, e il cuore le scoppia nel petto e il respiro va sempre più di fretta. Punta di nuovo la pila davanti a sé e dentro il tunnel si materializza una specie di cerchio di luce che finisce di colpo contro il buio.

Quando Jason e Alice escono dalla metro, le raffiche sono diventate più forti e la neve al centro delle strade crea dei mulinelli. Gli allarmi delle macchine scattano di continuo, i taxi sono bloccati e per strada si vedono soltanto figure infagottate che camminano controvento.

Non c'è più nessuna forma familiare, la città sembra essere sparita, semplicemente. Inghiottita dalla neve e dal buio. Non ci sono angoli né strutture verticali né orizzonti precisi, nessuna geometria riconoscibile, pensa Jason. In questo momento non si potrebbe disegnare niente.

Prende la mano di Alice. Corri, le dice, vieni, dobbiamo andare a casa. Gli è venuto in mente appena è uscito dalla metropolitana, appena ha visto cosa sta succedendo fuori; è come se d'un tratto nella testa di Jason la città fosse diventata una macchia nera e gigantesca e lui riuscisse a vedere al centro di tutta quell'oscurità, soltanto un punto, ancora più buio, e Zadie accoccolata con le ginocchia strette tra le braccia, come fa quando lo aspetta.

Magari ha già bussato contro la parete oppure no, perché lui la sera prima non le ha neppure risposto, e adesso se ne sta seduta in salotto oppure si è messa sulle scale del pianerottolo.

Tira fuori il cellulare di tasca, ma sembra che non ci sia campo. Di sicuro Alice non capisce perché di colpo lui sembri angosciato, ma lo segue, e ora lei e Jason corrono sotto la neve, corrono a perdifiato finché non arrivano a casa. Salgono gli scalini a due a due e bussano a Zadie, ma non risponde nessuno. Allora Jason entra nel proprio appartamento e batte contro il muro e poi cerca la chiave, perché lui ha un duplicato in caso di emergenza e va ad aprire la porta di Zadie. Guarda dappertutto, e vede che non c'è lo zaino e mancano le scarpe e il piumino. Gira per la casa non sapendo che fare, finché sul letto della camera di Zadie non trova una cartina. È una mappa di Manhattan, Jason sa che la ragazzina ne ha un'infinità e perciò lì per lì la guarda distrattamente, ma poi si accorge che c'è un cerchio rosso disegnato sopra. Un cerchio che circonda il Lasker Pool, proprio in fondo a Central Park.

«Jason, che succede?»

«Zadie. Zadie è sparita. Ha dodici anni. Forse è andata...»

No, non è possibile.

La bambina è un po' strana, d'accordo, ed è fissata con le esplorazioni polari, ma non fino al punto di uscire da sola nel bel mezzo di un blizzard.

«Questa qui è la sua scrittura?»

Alice passa a Jason un biglietto. C'è scritto *Esco e potrei metterci un po'*, e la grafia è di Zadie, un po' infantile a dispetto dei suoi tentativi di imitare il corsivo disinvolto degli adulti. Gli ricorda qualcosa, quella frase, qualcosa che sulle prime non riesce a mettere a fuoco. Zadie doveva avergliene parlato, magari a proposito di Shackleton. No, non di Shackleton. C'entrava Scott, e a pensare quel nome Jason si sente gelare il sangue, perché ora ricorda, quelle parole le ha dette qualcuno che era con Scott. Lui e i suoi uomini si trovavano ad appena undici miglia da un deposito di viveri e combustibile, ma una tempesta li teneva bloccati nella tenda. Questo compagno di Scott aveva i piedi congelati o qualcosa del genere, e non voleva essere di intralcio nella marcia di ritorno dal Polo, già di per sé molto complicata, e allora era uscito dalla tenda, si era voltato verso Scott e prima di sparire per sempre nella neve gli aveva detto: esco e potrei metterci un po'.

«È solo una bambina, l'abbiamo lasciata sola, si sarà persa, sarà terrorizzata.»

Jason vorrebbe chiamare la signora Roth, la polizia, un'ambulanza, ma i telefoni sono muti e fuori la città è un caos di buio, neve e vento.

Si precipitano di nuovo per strada, in casa non sono neanche riusciti a trovare una pila, hanno soltanto le spade laser di *Guerre Stellari*.

In dieci minuti raggiungono il parco. Adesso, a guardarlo, completamente buio e spazzato dalla tempesta, con gli alberi che oscillano e i rami e le foglie che cadono, sembra una foresta.

Alice ha paura. Ha paura degli skilift e della seggiovia, dei lampi, degli elettrodomestici, delle tende, della centrifuga della lavatrice, degli allarmi, dei posti alti, dei posti troppo stretti, di andare sui pattini, sulle montagne russe, di nuotare. Alice ha paura dei boschi e dei sentieri che si perdono tra gli alberi, e degli alberi.

«Tu vai da quella parte» dice Jason. «Io provo di qui. Ci ritroviamo tra mezz'ora in questo punto. È una bambina, ha i capelli rossi, un sacco di capelli riccioli.»

Prendila, Alice. Prendile la mano.

Stavano correndo e sentiva che le gridavano di fare qualcosa, ma lei non riusciva più a muoversi. Aveva sei anni, forse sette.

Poco prima lei e la sua amica Maria stavano sedute sul bordo e battevano i piedi nell'acqua. Dovevano batterli veloce per vedere chi faceva più schizzi. Maria ne stava facendo tantissimi e rideva. Anche Alice rideva, o almeno così si ricordava, e stava ancora ridendo quando Maria si era sporta troppo, aveva perso l'equilibrio ed era caduta nell'acqua.

Prendila, Alice.

La piscina in quel punto era profonda e Maria non sapeva nuotare, e neanche Alice, e i loro genitori erano dietro nel prato, sdraiati sugli asciugamani. Alice aveva guardato giù. Si vedeva la testa di Maria appena sommersa, e le sue braccia che si muovevano come se volessero afferrare la superficie dell'acqua per tirarsi su.

Prendila, Alice. Prendile la mano.

Ma lei non riusciva a muoversi. Fissava Maria e non riusciva a fare niente. La sua mente si era come svuotata. Poi negli anni aveva capito che il suo era stato soltanto terrore, ma lì per lì sapeva di aver provato una cosa diversa, come se non gliene importasse davvero, come se una voce dentro di lei le avesse detto che in fondo non erano affari suoi, che poteva continuare a starsene tranquilla sul bordo della piscina, a fare gli schizzi coi piedi.

Alla fine uno dei grandi si era tuffato e a Maria non era capitato nulla e nessuno aveva mai più detto niente ad Alice, ma lei ogni tanto ci ripensava. Adesso, per esempio.

Si trova al centro di qualcosa. Lo sa che è un centro, sente come se intorno l'aria si fosse rappresa, addensata. Forse ci sono degli avvallamenti, forse lì il terreno sale leggermente e il vento in quella parte è come frenato. È stranissimo, al buio tutto diventa più concreto, tangibile, senti anche l'aria. La spada illumina appena quello che c'è intorno, ha una luce fredda, azzurrognola, e per lo più insufficiente. È un giocattolo, alla fine. Come farà a trovare la bambina? Alice riesce a malapena a vedere dove mette i piedi e non sa che direzione prendere e non sa da che parte è la strada e da che parte il prato. Ha freddo e fa fatica a camminare. Il terreno è melmoso e pieno di neve e acqua e si sprofonda e si scivola e poi c'è un'altra cosa.

Sta dietro a tutte le altre, dentro Alice, una specie di biglia scura, un nocciolo, una roba piccola e terribilmente densa, come nello spazio i buchi neri, una cosa che è difficilissimo spiegare e anche immaginare, ma che c'è e attira tutto il resto e lo inghiotte. Alice non vuole pensarci. Il vento si infila in mezzo agli alberi, produce soffi e sibili e sembra che qualcuno pianga. Alice non vuole pensarci, ma il suo cervello fa mille giri e poi torna lì, ogni volta.

Non lo saprà nessuno. Non può saperlo nessuno, è buio, Jason è da qualche altra parte nel parco, abbastanza distante perché non se ne accorga neanche. Alla fine Alice non c'entra. Non la conosce neppure la bambina. È piccola, ha i capelli rossi. E Alice non vuole trovarla.

È stupido, adesso. Non serve a niente ripensare a tutti i momenti in cui le cose sarebbero potute andare in un altro modo. Tipo la sera prima se lui si fosse fermato sulle scale, tipo se le avesse parlato, tipo quando Zadie gli ha bussato al muro. Era appena ieri sera e sembra sia passata un'infinità di tempo, sembra una cosa lontanissima. E anche quello stesso pomeriggio, poche ore fa. Prima di uscire Jason lo sapeva che lei era a casa, se l'è persino immaginata appena oltre la porta, con i suoi cubetti di ghiaccio. È stato uno stupido, un idiota, qualcosa di peggio. Vorrebbe tornare indietro e rifare tutto da capo. Perché non ha capito? Perché non è stato attento? Non si sta mai attenti. I segnali ci sono. Quando sua madre ha chiamato e gli ha detto della Tempesta Perfetta e lui e Zadie stavano insieme nel suo appartamento, ecco, la bambina alla fine ha sorriso, e adesso gli sembra di ricordare una serie infinita di particolari degli ultimi giorni e magari non sono neanche veri e se li sta solo inventando, non capisce più niente. Cammina e la chiama e tutto è solo pieno di neve e freddo.

E poi gli viene in mente una cosa strana, gli viene in mente che lui perde sempre qualcuno. Che a un certo punto ha iniziato a perdere le persone come agli altri capita di perdere le chiavi o il portafogli. Tipo suo padre. E La Ragazza Col Cappello Da Fantino. E adesso Zadie. E così, da un certo punto in poi, è questo che ha sempre fatto Jason. Cercare. Cercare chi aveva perso. E inventarsi metodi di ricerca. Con suo padre usa il telefono. Non lo ha mai detto a nessuno, ma si segna sempre l'ultimo numero che rimane in memoria nel telefono, c'è un servizio che ti dice qual è l'ultimo numero a cui non hai risposto o perché eri fuori o perché non sei arrivato in tempo e se Jason non lo conosce, ogni volta pensa che sia suo padre che l'ha chiamato e lo stesso quando dice pronto e dall'altra parte non parlano. Le telefonate mute. Tutti ne ricevono, magari hanno solo sbagliato numero e perciò non dicono niente, ma Jason crede ogni volta che sia suo padre.

Con La Ragazza ha usato i disegni. Ha cominciato a disegnare tutti finché non è riuscito a ritrovarla e questa volta ha persino funzionato.

Ma Zadie non sa come cercarla. È buio, c'è silenzio, non funziona più niente intorno. I telefoni sono fuori servizio e le luci sono tutte saltate e non si vede niente.

Le sembra di sparire. Con tutto quel buio, Alice fa fatica a credere di esserci. Non può più vedersi e controllare la posizione del proprio corpo, non riesce più neanche a stabilire con certezza quanto è alta. E allora prova a toccarsi la pancia.

L'ha fatto ieri al Planetario, e davanti allo specchio quando è tornata a casa, e poi ancora stamani prima di uscire. Ci passa una mano sopra e si ferma con il palmo aperto all'altezza dell'ombelico. La sua pancia c'è. Anche al buio. Appena un po' tonda.

Ha sempre avuto il ventre arrotondato, e il seno pieno, ha sempre avuto quella forma esplicita da donna. Come sua madre, che è uguale a lei. Sta dall'altra parte dell'oceano e non sa ancora niente di tutto quello che è accaduto. Non sa neppure che stanno aspettando un bambino. Perché deve essere così che funziona, non c'è soluzione di continuità, sua madre ha fatto lei e lei ora fa qualcun altro, è un procedimento infinito. Tiene la mano in tasca e si tocca la pancia attraverso la fodera interna del piumino mentre con l'altra stringe la spada di *Guerre Stellari*. Continua a camminare e se si tocca la pancia, non capisce bene perché, si sente un po' più tranquilla. Si sente come se quella successione di scorci bui perdesse gradualmente d'importanza, le sembra di sentire come una sicurezza del tutto nuova, che lì al buio e al freddo è persino più netta.

Lo vuole tenere. Lo capisce all'improvviso mentre affonda nella neve e gli stivali non la proteggono più dall'acqua. E le sembra di non sentirsi più il naso e la pelle del suo viso è gelata. Con tutto quel buio uno rischia di sparire, pensa, e l'unico rimedio è toccarsi la pancia. Si tocca la pancia e pensa che lo vuole tenere. Pensa a sua madre dall'altra parte dell'oceano che è uguale a lei e ora vorrebbe che fosse uguale a lei anche quell'esserino che si sta formando nella sua pancia. Lo vuole tenere e spera che sia uguale a lei e che sia una bambina.

Forse è a quel punto che Alice si dimentica delle piscine, degli skilift e degli elettrodomestici, dei lampi, della centrifuga delle lavatrici e delle tende tirate, dei posti alti, dei posti troppo stretti e anche degli allarmi. Forse è in quel momento che succede, anche se è sempre piuttosto difficile stabilire l'attimo preciso in cui qualcuno si lascia alle spalle qualcosa. Comunque accade, e lei comincia a procedere più in fretta allontanandosi dal centro del sentiero; prova ad andare verso gli alberi e abbassa la spada verso il terreno, la sua spada laser, all'altezza giusta, quella a cui potrebbe esserci una ragazzina coi capelli rossi se si è seduta, se sta distesa.

Dice ti giuro, ti giuro che se la ritrovo... E non sa a chi lo dice, perché non c'è nessuno lì, Jason non ha mai pregato eppure ripete, ti giuro, se la ritrovo andiamo a vivere insieme. Tutti e tre. Una specie di famiglia. Io, te e La Ragazza Col Cappello Da Fantino, e così non sarai più sola la sera, nessuno di noi lo sarà più. Ci guardiamo un film e ci mangiamo i popcorn. Ti do tutte le esplosioni più belle, Zadie. Zadie ti prego, rispondi. Ti prego, Zadie. Scusa, scusa se non ti ho parlato, se non ti ho aperto, scusa se ti ho lasciata sola, non lo farò mai più, mai più neanche per un secondo. E possiamo, come mi hai detto tu una volta, buttare giù la parete tra la mia casa e la tua, così stiamo tutti insieme e non c'è più neanche bisogno di bussare al muro, che magari poi uno non sente o fa finta di non sentire, ti prego, Zadie. Ti prego.

È dentro la galleria.

Fa ancora qualche passo, e pensa alle cose che scendono dal soffitto delle grotte. La terra sotto i suoi piedi, lì quasi completamente sgombra dalla neve, è limacciosa, fradicia. Il gelo ha qualcosa di definitivo, senza vento. E il buio, se è possibile, il buio è ancora più profondo. Da qualche parte dell'acqua continua a gocciolare.

Si sente sfiorare. Zadie ne è sicura, qualcosa o qualcuno l'ha toccata, un'impressione breve di avere accanto un altro corpo, lo spessore di un corpo che ingombra lo spazio, e allora si mette a correre, vuole andare fuori, scappare dalla galleria. Si volta, guarda indietro e non si vede niente, non si vede neanche più l'imboccatura del tunnel. Punta la torcia e le sembra di scorgere un'ombra, un qualcosa di furtivo e veloce che passa nell'angolo del suo campo visivo e poi sparisce, o forse si nasconde soltanto, pronto a prenderla non appena lei abbasserà la luce. Si mette a correre ancora più in fretta, anche se è sfinita ormai, e non c'è più neanche una parte del suo corpo che non sia congelata e forse ha la febbre e a un certo punto inciampa, cade, la pila le scappa di mano, scivola per qualche metro in avanti, si spegne. Zadie la cerca in ginocchio, ha paura di toccare per terra, l'acqua le entra dentro i guanti, è gelida, lei si è tagliata. Succede tutto insieme, non capisce perché adesso le cose sembra che non stiano più in ordine ed esistono tutte insieme ed esistono troppo, e lo spazio dietro di lei si riempie di fruscii e schiocchi e rumori e qualcosa da qualche parte continua a colare. Poi finalmente sente il manico della torcia, lo stringe, tocca l'interruttore.

Quando lo fa scattare c'è soltanto un bagliore debole, poi più niente. Zadie prova a scuotere la pila, magari il colpo ha provocato un contatto o ha spostato le batterie. Ma non c'è niente da fare, non si accende. Un altro rumore, forse passi, o qualcosa che si spezza. Proviene dal Willowdell Arch, e allora lascia perdere la torcia, accende il cellulare e con la luminescenza dello schermo riprende a camminare più in fretta che può.

Gli occhi le si sono abituati al buio e adesso sa che ci sono moltissime sfumature nell'oscurità, e che ogni tipo di tenebra fa paura in modo diverso.

Quando la vede, Zadie capisce che l'ombra che c'è a lato della strada, ecco, quella fa paura in un modo abbastanza circoscritto e però acuto. Si tratta di qualcosa di preciso, non come la galleria e neanche come i massi scuri che incombono intorno.

Zadie si avvicina ancora, qualunque cosa sia se ne sta ferma e non sembra essersi accorta di lei. Difficile capire quanto sia grande, ma lo è abbastanza. Più di lei, di sicuro. Fa un altro passo, e a quel punto capisce che si tratta di un cane. È a pochi metri, di profilo, continua a non muoversi dando tuttavia l'impressione di poterlo fare, di poter scattare da un momento all'altro. I cani mordono, i cani sentono se sei spaventato, i cani hanno fame. Zadie si avvicina senza fare rumore e senza puntargli direttamente la luce contro. Non vuole tornare verso il tunnel e non vuole più lasciare la strada, perciò deve per forza passargli davanti. Ormai è vicinissima. I cani lo sentono che hai paura, i cani se hai paura ti attaccano. Zadie ha i muscoli tesi, le fanno male da tanto che è rigida. Muove ancora un altro passo e adesso gli è proprio di fronte; se non lo guarda, se tiene gli occhi fissi per terra e non lo guarda, magari il cane la lascia andare, solo che Zadie non resiste, si volta, gli punta il cellulare contro.

Un cane da slitta.

Come quelli di Scott, Amundsen e Shackleton, di quelli che correvano sul ghiaccio e trascinavano gli esploratori attraverso le terre antartiche. Questo qui sta immobile sotto la neve, fissando il parco e tutto quel buio. E allora Zadie pensa che anche lei magari può fermarsi un po', aspettare qualche minuto, riposarsi.

Si arrampica appena sul pendio. Raggiunge il cane, ci si raggomitola contro. Con la luce del cellulare ha visto che sotto c'è scritto Balto, c'è scritto che è per il suo coraggio se gli hanno fatto una statua di bronzo. Zadie gli si stringe contro. Tira fuori dallo zaino la coperta, se la butta addosso e si sdraia. Il cane farà la guardia, la proteggerà, non permetterà a nessuno di avvicinarsi.

I vestiti sono diventati duri e gelati, la pelle a contatto col tessuto le brucia. Anche il passamontagna sembra che le si sia attaccato alla pelle. Ha paura che adesso se se lo togliesse le verrebbe via anche la faccia. Si sente i brividi addosso, sempre più forti, le tremano le labbra e non riesce a tenere fermi i denti in bocca, le battono e non riesce a bloccarli. Ha la sensazione di cadere più in basso, sempre più in basso, e ora le sembra di non avere neanche più freddo. I rumori diventano più distanti e i fiocchi cadono dal cielo così al rallentatore che Zadie può vederli uno per volta.

Chiude gli occhi.

Alla fine il Polo Sud non l'avevano trovato. Ci avevano girato intorno, avevano piantato moltissime bandiere nere che sarebbero rimaste lì a sventolare chissà per quanto tempo; ma il punto preciso, quello lo avevano mancato. Amundsen e Scott, tutti e due, di poche miglia, ma l'avevano mancato.

Le sembra di vederli, lì a qualche metro da lei, che piantano bandierine e misurano avanti e indietro Central Park borbottando che è strano, sono sicuri che sia proprio da quelle parti, il Polo Sud, e intanto lei si sente affondare sempre più in una specie di nebbia. Allunga una mano per controllare se il suo cane c'è sempre e il suo cane c'è, ma gli esploratori ora sono più sfumati e piccoli, si stanno allontanando, la lasciano indietro. Vorrebbe fermarli, ma le palpebre sono diventate pesantissime, tutto è così confuso, e magari può dormire un po', appena qualche minuto.

Mamma e papà le sorridono, torniamo presto, non ti preoccupare. Lei sa che non tornano, lei sa che glielo dicono ma poi non tornano, devono proseguire la marcia, devono raggiungere il Polo e lei si è tagliata, è una brutta ferita al piede. O forse alla mano, non ricorda. Non la possono portare con sé. La mamma le dice, facciamo la pasta? Fai il monte di farina e poi col pugno, ecco, devi creare una specie di buco. Rompi le uova, Zadie. Le uova dei pinguini si possono mangiare anche dopo un anno.

La mamma accendeva il forno e il forno in cucina faceva quel chiarore giallo e loro spegnevano la luce apposta per vedere cosa succedeva dietro il vetro, quando la pasta nelle formine cominciava a gonfiarsi e a profumare. Mentre papà apparecchiava. Zadie si ricorda i rumori delle posate quando le appoggi vicino al piatto. Si ricorda il suono dei bicchieri. Ti sei lavata le mani?

Posso venire a dormire con voi?

C'è un fascio di luce e la sagoma di un uomo che si avvicina. Sono tornati indietro a prendermi, pensa Zadie. La tempesta sulla Barriera è finita, e il resto della squadra ha scoperto dove mi trovo, a poca distanza dal deposito di viveri, appena undici miglia.

Sono allucinazioni. Succede alla fine, quando il freddo, la fame e tutto il solitario splendore del ghiaccio ti ha stordito. Ci sono degli sfarfallii nell'aria, dei lampi, e dietro ai lampi una massa che ondeggia, buia e lucida, come di notte certe creature, le pantere o i pipistrelli e i lupi. E a Zadie sembra che la figura si avvicini, ma ecco che tutto vacilla e diviene irrimediabilmente confuso, non ci si può fare niente, solo chiudere gli occhi e ricadere indietro.

Posso venire, mamma?

Altri due anni dopo

www.youtube.com/watch?v=jvMj3PJDxxz

L'aria era appena effervescente quella sera, e tendeva in generale al verde pisello, come se qualcuno avesse rotto tutti insieme migliaia di starlight. O forse era l'erba, il cui colore sotto le luci appariva talmente intenso in certe notti d'estate da ossidare l'atmosfera intorno.

Sul pendio, lungo gli argini del lago, dove iniziava la distesa dei carrubi, trecentocinquantuno persone stavano completamente immobili.

Guardavano tutte verso un punto, più o meno all'altezza del cielo, dalle parti del West Side. Portavano un paio di cuffie e la voce nelle cuffie stava dicendo loro di pensare ad altro, fino all'ultimo minuto a disposizione.

Perciò anche Alice pensava ad altro, e nello specifico alla scarpa. Era tornata indietro e l'aveva cercata dappertutto lungo la strada appena percorsa, sicura che potesse esserle caduta soltanto lì, e invece il sandalo con gli occhi sembrava scomparso nel nulla. E comunque, mentre guardava per terra e rifaceva lo stesso percorso avanti e indietro, aveva visto il parco riempirsi e si era sentita stranamente felice. Arrivavano dal lato di Manhattan Valley e di Morningside Heights, da Lenox Hill e dalla parte di Midtown.

Poi la voce nella cuffia aveva detto di scegliersi un posto, un posto dove si potesse stare da soli, anche se si era venuti in coppia o con gli amici o la famiglia. Di sistemarsi comodi, in piedi oppure seduti, ma fermi, e di stare così, e di pensare ad altro per i successivi sei minuti. E così per un po' Alice aveva continuato a pensare alla scarpa – magari era finita in un cespuglio –, ma quando la luna era sbucata da dietro i grattacieli, piena, gonfia e galleggiante, allora si era messa a pensare soltanto alla luna.

Landing a man on the Moon, aveva detto Kennedy, e lo aveva detto come se si trattasse di una parola sola, *amanonthemoon*, come se nel suono si stesse già avverando il momento dell'allunaggio.

La particolarità, pensò Alice, era che in quel mese fosse capitato due volte di avere la luna piena, accadeva soltanto ogni tre anni, e la seconda veniva chiamata Luna Blu.

Quando partiva il conto alla rovescia c'erano dei ronzii, delle scariche tra un numero e il successivo. L'aveva rivista mille volte, quella scena, e sapeva che dopo la partenza c'era un salto di tempo dopo il quale le immagini rallentavano, diventavano lattiginose e si cominciava già a intravedere la superficie lunare, piena di crateri, nera e polverosa, leggermente pulsante. Si sentiva il suono cardiaco del radar e Houston e la voce degli astronauti che dicevano solleviamo polvere e, poco dopo, luce di contatto. E alla fine Armstrong che scendeva con un balzo.

Era morto soltanto sei giorni prima. Un problema al cuore. E così quella Luna Blu ad Alice continuava a sembrare una specie di saluto interplanetario al primo uomo che aveva camminato lassù. L'orma sulla superficie lunare, l'impronta di una scarpa.

Alice guardò il piede di Agata e sorrise.

Le categorie andavano rispettate, Jason continuava a pensarlo.

Si sistemò accanto a una distesa di ibisco e per distrarsi cominciò a pensare a nuove classificazioni possibili. Tutte le cose che si perdono. Le chiavi, il portafoglio, i guanti, gli ombrelli, gli spiccioli, i bottoni.

E poi gli oggetti che ci sono nei film, che non si sa se siano proprio veri o no. I telefoni appesi al muro quando squillano e i tergicristalli sotto la pioggia nelle pellicole degli anni Cinquanta. E la rivoltella quattro volte più grande del normale di fronte al viso di Ingrid Bergman. O il bicchiere di latte di Cary Grant, con la lampadina dentro.

Le cose che fanno ridere, ecco, si potevano mettere insieme tutte le cose che fanno ridere, tipo i nasi finti o le dentiere che camminano o gli occhiali con gli occhi.

O la categoria delle cose inventate per caso, come quando Percy Spencer si era trovato vicino a un radar e aveva notato che la caramella nella sua tasca si stava sciogliendo, ed era così che era nato il forno a microonde. Oppure si potevano mettere insieme tutte le cose con le istruzioni in cinese. E le cose che in questo momento qualcuno tiene nascoste in un pugno dietro la schiena e domanda, indovina che mano?

Ecco un altro progetto possibile, *Tutte le cose che devi indovinare in che mano*.

La voce nella cuffia aveva detto: «Cercatevi un posto…».

E poi aveva detto: «Pensate ad altro».

La luce della luna cospargeva il parco di un riverbero diffuso, mercuriale, che faceva fremere le cose intorno.

Pensare ad altro. Jason cominciava a credere di non esserne affatto capace. Mancavano ancora quattro minuti.

Charlie Todd aveva letto che anticamente, in occasione della Luna Blu, si poteva meditare sui propri traguardi e domandarsi se fossero stati raggiunti oppure no. E poi aveva letto che la Luna Blu era particolarmente adatta agli incantesimi più potenti.

Mancavano ancora quattro minuti e a lui faceva un certo effetto vederli tutti lì. Erano venuti in tanti, tantissimi, ogni volta sembrava impossibile e invece succedeva che ne arrivavano sempre di più e lui con la sua voce li collegava tra loro e li guidava nello spazio.

Come quando aveva organizzato la battaglia dei palloncini colorati o quella delle pistole ad acqua o la glaciazione della Grand Central Station.

Aveva deciso di far scattare il flash mob al settimo minuto perché il sette era un numero che gli portava fortuna e gli era sempre piaciuto.

E questa volta avrebbe partecipato anche lui stesso. Non lo faceva quasi mai, ma quello di oggi era quasi un esperimento.

Sì, in seguito avrebbe potuto persino controllare in qualche modo i risultati per sapere se la Luna Blu aveva funzionato.

Alla fine Alice era rimasta a vivere a New York. La tempesta di due anni prima era durata abbastanza a lungo da farle perdere diversi aerei, e quando i voli intercontinentali erano stati ripristinati, non era stata lei a partire, ma sua madre. L'aveva fatta venire dall'Italia dicendole che c'erano un po' di novità e che forse avrebbero potuto andare per qualche ora su una delle panche del Museo delle Scienze. Molte madri e figli lo facevano, le aveva detto Alice. Si sarebbero sedute lì e avrebbero guardato insieme i sassi e i fossili e poi avrebbero percorso insieme la distanza tra Marte e Venere per arrivare dalle parti di Nettuno.

«È dalle parti di Nettuno, sai mamma, che credo mi siano successe le cose più importanti, perciò, ecco, mi piacerebbe se venissi con me.»

Ed era andata così. Lei e sua madre si erano rintanate per un pomeriggio intero al Museo delle Scienze e Alice le aveva parlato di tutto quello che le era successo, del test di gravidanza e del ragazzo che le aveva fatto il disegno e del matrimonio di Doug e Filippo, che era stato il matrimonio più bianco a memoria d'uomo, con la città ancora parzialmente bloccata e alcuni distretti senza luce. Sembrava uno di quegli incantesimi di certe favole, dove tutto si sospende e in quella strana sospensione Doug aveva detto sì e poi lo aveva detto Filippo e si erano baciati. E Alice aveva pensato che sarebbero stati degli ottimi padri per il suo bambino. Loro due e Jason.

A quel punto sua madre si era alzata di colpo e le aveva detto, ma allora bisogna festeggiare. Alice l'aveva vista zigzagare tra i pianeti e tornare dopo qualche minuto con due bicchieri di champagne. Sua madre sapeva trovare dello champagne nelle situazioni più impensate.

Nei mesi successivi Filippo e Doug erano stati costantemente presenti e premurosi, dandole tutto l'appoggio di cui poteva aver bisogno, e grazie a Doug lei era stata anche assunta alla Disney come corrispondente per la sede italiana di Milano e nello stesso tempo aveva continuato ad arrangiare i dialoghi dei Simpson. Il responsabile del doppiaggio si era accorto negli ultimi copioni di una generica tendenza all'ottimismo che mal si combinava con la psicologia dei personaggi e le aveva detto di fare attenzione.

«Soprattutto a Lisa.»

Per il resto del tempo, Alice, Filippo e Doug visitavano insieme mostre e musei, mangiavano in qualche ristorante indiano o curdo, entravano nei sexy shop di Soho e nei negozi di scherzi vicino all'università e finivano la giornata nell'enorme negozio di giocattoli vicino al Plaza, cercando di capire se era più bello l'orso bruno gigante o il cavallo in scala 1 a 1. E poi compravano tutti e tre un'infinità di scarpine di cotone, alle scarpine di cotone non sapevano resistere, tanto che al settimo mese di gravidanza Alice si era resa conto di averne accumulato un numero tale che per usarle tutte sua figlia sarebbe dovuta essere un millepiedi.

Agata adesso aveva poco più di un anno, una scarpa soltanto e cinque padri, più o meno legittimi. Era una bambina solare e in quel preciso momento l'unica che non stesse guardando in direzione della luna.

Jason diede un'occhiata all'orologio, mancava soltanto un minuto. A pochi passi da lui c'era La Ragazza Col Cappello Da Fantino, continuava ancora a chiamarla così, ogni tanto. Era di spalle anche quella sera. Proprio come l'aveva vista la prima volta.

Jason aveva un disegno di Alice per ogni giorno che erano stati insieme. Era il suo nuovo progetto. Si intitolava *La mia vita con Alice*. Alice di spalle che mangia il gelato, Alice di spalle al cinema che guarda King Kong, Alice di spalle che cucina i gamberi al curry, Alice di spalle che fotografa una giraffa allo zoo, Alice di spalle che apre l'ombrello perché sta piovendo.

E aveva un altro progetto che si intitolava *La mia vita con Agata*, e qui invece si trattava di disegnare il primo dente di Agata, il primo passo di Agata, la prima parola di Agata e così via.

La particolarità di questi ultimi progetti di Jason era la durata, che lui prevedeva infinita.

Invece aveva smesso di cercare le persone. Forse Jason aveva smesso quando si era reso conto che non ce n'era più bisogno. Che tutte le persone che desiderava erano lì, con lui. Era stato abbastanza sorprendente rendersene conto, e la prima volta gli era accaduto proprio la notte della Tempesta Perfetta.

Alla fine era stato lui a trovarla. L'aveva vista per terra accanto al cane da slitta. Quando l'aveva sollevata da terra, gli era parsa così piccola e leggera. Se la sarebbe ricordata per sempre quell'impressione di assurda leggerezza. Poi erano corsi all'ospedale e il medico gli aveva detto che erano arrivati appena in tempo. Zadie aveva già tutti i segni dell'ipotermia.

Dopo qualche ora, a Manhattan era tornata la luce e lentamente le cose avevano ricominciato a funzionare. Jason e Alice erano rimasti tutta la notte accanto al letto di Zadie, stringendosi la mano in silenzio, ed era successa una cosa strana, Jason se lo ricordava, dopo qualche minuto i loro tre respiri si erano sincronizzati. Zadie, ch'era ancora addormentata, Alice e Jason avevano continuato a respirare insieme con lo stesso ritmo. E poi si erano riaccesi i lampioni in strada e le insegne degli hotel e le luci negli appartamenti ed era tornata a bollire l'acqua nei thermos del caffè, e nei grattacieli gli ascensori avevano ripreso a salire e tutti i frigoriferi a ronzare, le scale mobili e i nastri trasportatori a scorrere, i telefoni a squillare, gli impianti di riscaldamento a produrre calore e i deumidificatori a deumidificare, mentre i colori tornavano ai loro posti, il verde dei semafori, il blu sulla punta dell'Empire, il giallo dei taxi. E alla fine nel primo chiarore del mattino era caduto l'ultimo fiocco di neve.

Quando scattò il settimo minuto Charlie Todd disse: «Via». E tutti sollevarono il braccio e indicarono la luna.

Poteva persino funzionare. Trovarsi a Central Park di notte, immobilizzarsi per un po', pensare ad altro per i primi sei minuti, e poi al settimo indicare col dito la Luna Blu, particolarmente adatta agli incantesimi potenti, e guardando la luna esprimere tutti insieme nello stesso istante un desiderio.

La ragazza col cane pensa: voglio navigare sui bateaux-mouches a Parigi e dormire almeno una notte al Plaza. Il desiderio del senegalese accanto a lei è quello di laurearsi in matematica pura entro l'anno, il tizio col bicchiere di Coca Cola in mano vorrebbe che sua moglie tornasse a vivere con lui, mentre un uomo giovane di origine argentina spera di essere preso quest'autunno alla New York Film Academy.

Alice esprime il desiderio di avere presto un altro bimbo e Doug di imparare il cinese e andare in Canada ad agosto per uscire con la barca sul lago della baita.

La signora vestita di bianco dietro di loro desidera incontrare un uomo romantico che balli bene il tango prima di Natale.

La giapponese vuole trasferirsi fuori città, in una casa davanti all'oceano, le finestre grandi, un portico e l'amaca, e il ragazzo con la bottiglia d'acqua desidera un gatto.

Il pakistano vuole aprire un ristorante e Filippo che la Metro Goldwyn Mayer tragga un film dal suo ultimo romanzo e si immagina la sigla col leone, mentre Agata invece non sa ancora cosa vuol dire esprimere un desiderio. Il reverendo Evans vuole scoprire un'altra stella morente e Elaine, sua moglie, desidera andare a mangiare le ostriche Wellfleet del Maryland proprio stasera.

Jason esprime il desiderio che rimanga tutto così, essere felice com'è in questo momento e per sempre.

E mentre tutti fissano la luna, dal cielo cade una pallina da golf. Strano davvero, considerando l'ora.

«Voglio andare al Polo Sud, alla Base Amundsen-Scott.» Poi Zadie guarda Jason e gli sorride.

Ringraziamenti

Ringrazio:

Benedetta, per aver deciso di prendermi nel suo equipaggio.

Laura, per il fiocco di neve che non si scioglie mai come la nostra amicizia.

Antonella, per i suoi bollettini meteo che ci proteggono da temporali e tempeste.

Sonia, per aver affrontato con me i momenti più difficili della marcia, i crepacci e le salite troppo ripide.

Mara, per le nostre performance artistiche tra Porta Nuova e via Garibaldi.

Lucio, per le esplorazioni a Central Park, sulla Statua della Libertà e da Tiffany.

Jimmy, per il rancio al ristorante indiano, la missione a Brooklyn e il nostro accampamento sulla Settantatreesima Strada.

E li ringrazio entrambi per avermi mostrato che intensità di amore desiderare nella vita.

Laura, Nau, Mario, Leo, Luca, Eric, Emiliano, Lina, Marina, Enrico, Cristina, Lucia, perché solo con loro riesco a resistere al freddo e alla solitudine.

Infine un ringraziamento particolare a:

Graziella, per avermi insegnato tutto sul coraggio e la curiosità, proprio come si fa tra esploratori. E perché quando mi guarda è come se mi dicesse sempre, che la forza sia con te!

Emiliano, perché mi accompagna e ritrova con me il sentiero quando nelle mie storie inizia a nevicare forte, a tirare vento e io rischio di perdermi.

E perché con lui ogni momento è come mangiare spaghetti sulla Luna.

Nota dell'autrice

Un giorno stavo leggendo un settimanale, quando trovai un articolo che raccontava di un ragazzo, un certo Jason Polan, un tipo con gli occhiali e un'aria concentrata che aveva deciso di disegnare tutte, ma proprio tutte le persone che incontrava a New York. Qualche mese dopo scoprii che Charlie Todd aveva congelato la Grand Central Station, che organizzava spedizioni in mutande in città e che aveva fatto salire Darth Vader e Leila di *Guerre Stellari* sulla metropolitana.

C'era un comune denominatore, pensai. Qualcosa che collegava queste imprese, il tentativo di forzare la realtà, di trasformarla, di renderla meno compatta. Le persone prendevano appuntamento con Jason per essere disegnate e si affrontavano nelle battaglie con le pistole ad acqua organizzate da Charlie, entrambi erano riusciti a rendere più sottile e confusa la distinzione tra le cose vere e quelle immaginarie.

È stato allora che ho deciso di affidare loro la mia storia, di prenderli in prestito dalla realtà per farli diventare due personaggi di un racconto. Mi piaceva provare a fare lo stesso, mescolare elementi reali e fantasia. Così, seppure ho tratto spunto dai loro progetti e performance, gli episodi in cui li ho inseriti, le cose che ho fatto vivere e dire a Jason e Charlie sono del tutto inventate.

E però a un certo punto è successo un fatto curioso, man mano che il romanzo prendeva forma, per effetto della loro presenza, si sono infilate tra le pagine altre persone esistenti, il ristoratore francese, ad esempio, che ha davvero un locale a Manhattan, o il cacciatore di stelle morenti, che ha ricevuto il Supernova Award, o il tipo che si fa disegnare da Jason, gli attori che interpretano gli Imperiali, Franca Tantillo che ha effettivamente creato le fragole neutrodiurne.

Finito il romanzo sono partita per una vacanza a New York e un pomeriggio sono andata a vedere il cane Balto che c'è al centro di Central Park e che fino a quel momento conoscevo solo in fotografia. Dopo qualche minuto che ero lì, è arrivata una ragazzina. Ha scalato rapida la roccia, è salita accanto a Balto e l'ha abbracciato. La ragazzina aveva una cascata di riccioli rossi.

È molto probabile, a questo punto, che si trattasse di Zadie.

Indice

www.youtube.com/watch?v=jwMj3PJDxuo 9

Due anni dopo

Cubetti di ghiaccio alla deriva 19
Scene di caos e gioia 42
Nessuno vuole disegnare Lisa Simpson 46
Se tu volessi aumentare le probabilità 58
Magnetismo terrestre 65
La struttura della mancanza 70
Zadie osserva una fenditura del ghiaccio 85
Una forma di vita su Nettuno 90
Cody Lindquist sarà rapita 103
Elephant Island 106
Chan Go seduta all'ombra di un albero di cannella 117
Esco e potrei metterci un po' 132

Altri due anni dopo

www.youtube.com/watch?v=jvMj3PJDxxz 171

Ringraziamenti 181

Nota dell'autrice 183

Claudio Calzana
Lux

Bergamo, siamo nel 1906, quattro amici hanno osato rapinare il circo di Buffalo Bill e uno di loro, Spiridione Curnis, è fuggito a Parigi con il bottino. Tredici anni dopo lo strampalato quartetto si ricompone per realizzare un'altra incredibile impresa: l'apertura del cinematografo Lux. Un'avventura in salita che tra colpi di scena, vecchi dissapori e nuovi affetti si scioglierà nella storia d'amore tra un giovane pianista cieco e una bella ragazza dal cervello fino.

Brossura con bandelle
61349L / 9788809791053 / pp. 208 / **€ 12,00**
Anche in versione ebook

Claudio Calzana è nato a Bergamo, ha insegnato nelle scuole superiori ed è stato titolare di un'impresa nel settore multimediale. Attualmente è direttore dei Progetti Editoriali e Culturali per Sesaab. Ha esordito nel 2008 con *Il sorriso del conte*, seguito nel 2012 da *Esperia*.

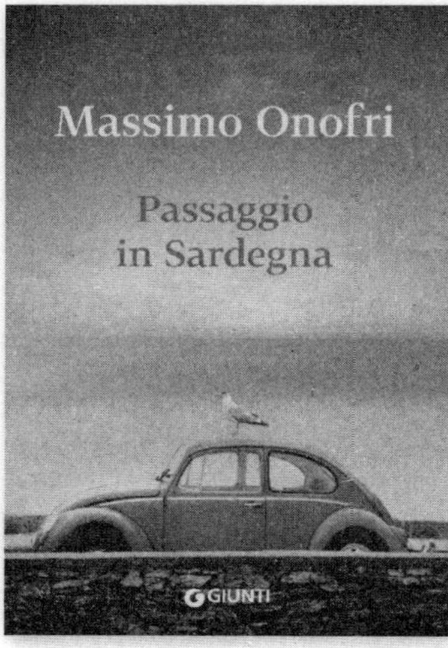

Massimo Onofri
Passaggio in Sardegna

Un viaggio, personale e insieme collettivo, attraverso luoghi, autori e tradizioni di una Sardegna magica e antica, mitologica e profonda, concreta e non meno onirica. Una guida emotiva alla Sardegna e personalissima. Il sorprendente cammino del narratore alla ricerca di sé. Scrittura e passione danno vita a un racconto che sempre più si avvicina a una dichiarazione d'amore.

Brossura con bandelle
61396B / 9788809791213 / pp. 288 / **€ 12,00**
Anche in versione ebook

Massimo Onofri (Viterbo, 1961), critico militante e studioso di letteratura italiana contemporanea, è docente presso l'Università di Sassari, collabora da anni a quotidiani e riviste: "Avvenire", "Il Sole 24 Ore", "La Nuova Sardegna", "L'Indice dei libri del Mese", "Nuovi Argomenti". I suoi testi si muovono tra saggistica letteraria e scrittura narrativa.

Guia Soncini
Qualunque cosa significhi amore

Vanni fa sentire onesti i lettori dalla prima pagina del *Corriere*, Elsa fa sentire colte le spettatrici della tv del pomeriggio. E mancano cinque ore al momento in cui tutti scopriranno tutto. In un romanzo ambientato in una sola serata, gli inferni e le delizie della coppia di Elsa e Vanni s'incrociano con disinvolture e miserie della tv italiana. Guia Soncini svela al lettore, con ironia e sarcasmo, che niente è come sembra, e che nessuno conosce davvero neppure il proprio matrimonio.

Brossura con bandelle
63828E / 9788809807082 / pp. 256 / **€ 14,00**
Anche in versione ebook

Guia Soncini è una giornalista. Scrive tutte le settimane su "la Repubblica" e su "Gioia", e ogni tanto su "Marie Claire", su "Vanity Fair" e sul "Mattino". Nel 2012 il suo *Come salvarsi il girovita* è stato il primo ebook self-published ad arrivare al primo posto nella classifica di vendite di Amazon.

Chiara Moscardelli

Quando meno te lo aspetti

Penelope Stregatti è addetta stampa alla Pimpax Spa, una multinazionale di pannolini. Pur avendo messo da parte i suoi sogni, capisce che qualcosa nella sua vita può ancora accadere quando investe in bici Alberto Ristori. Dopo poco, alla Pimpax, si presenta il temuto consulente Riccardo Galanti incaricato di sanare l'azienda, ma Penelope sa che Galanti non è chi dice di essere... Dall'autrice di *Volevo essere una gatta morta*, una nuova esilarante avventura che diverte e insegna l'arte del riscatto e della felicità.

Brossura con bandelle
64376W / 9788809810761 / pp. 272 / **€ 14,00**
Anche in versione ebook

Chiara Moscardelli, romana, vive a Milano. Il suo romanzo d'esordio, *Volevo essere una gatta morta* (2011), ha avuto un grande successo di pubblico e di critica, oggetto di culto della rete. Nel 2013 è uscito *La vita non è un film*.

Igiaba Scego
Adua

In questo romanzo si intrecciano le storie di Adua (cinquantenne somala che vive a Roma dagli anni Settanta) e suo padre Zoppe (che negli anni Trenta lavorò come interprete del regime fascista). Il tentativo di costruire una memoria e un'identità personale viene raccontato attraverso il dialogo impossibile tra due persone separate da mezzo secolo di storia e confinate in due solitudini diverse.

Brossura con bandelle
61678F / 9788809792340 / pp. 192 / **€ 13,00**
Anche in versione ebook

Igiaba Scego è nata a Roma nel 1974. Scrive su "Internazionale" e "la Repubblica". Collabora con riviste che si occupano di migrazioni e culture africane, tra cui "Latinoamerica", "Carta", "El Ghibli", "Migra" e "Nigrizia". È esperta di transculturalità. Tra i suoi libri: *Pecore nere*, con Gabriella Kuruvilla, Laila Wadia e Ingy Mubiayi (2005), *Oltre Babilonia* (2008), *La mia casa è dove sono* (2010), con cui ha vinto il Premio Mondello 2011.

MISTO
Carta da fonti gestite
in maniera responsabile
FSC® C023532
FSC
www.fsc.org

Stampato presso Giunti Industrie Grafiche S.p.A.

Stabilimento di Prato